U0689688

CCTV10
百家讲坛
LECTURE ROOM

成为更伟大的自己

《西游记》启示录

韩田鹿 —— 著

中华书局

图书在版编目(CIP)数据

成为更伟大的自己:《西游记》启示录/韩田鹿著. —北京:中华书局,2021.6
ISBN 978-7-101-15175-6

Ⅰ.成… Ⅱ.韩… Ⅲ.《西游记》-研究 Ⅳ.I207.414

中国版本图书馆 CIP 数据核字(2021)第 080076 号

书 名	成为更伟大的自己——《西游记》启示录	
著 者	韩田鹿	
责任编辑	傅 可 马 燕	
出版发行	中华书局	
	(北京市丰台区太平桥西里 38 号 100073)	
	http://www.zhbc.com.cn	
	E-mail:zhbc@zhbc.com.cn	
印 刷	北京瑞古冠中印刷厂	
版 次	2021 年 6 月北京第 1 版	
	2021 年 6 月北京第 1 次印刷	
规 格	开本/710×1000 毫米 1/16	
	印张 12¼ 插页 6 字数 120 千字	
印 数	1-6000 册	
国际书号	ISBN 978-7-101-15175-6	
定 价	39.00 元	

目录

第一章

唐僧：凡人的英雄之旅

美国著名神话学者约瑟夫·坎贝尔在他的《千面英雄》中，在纵览了人类几乎所有文明的神话传说后，发现它们都在讲述着同一个故事：一位英雄从日常世界勇敢地进入超自然的神奇区域，在那里遇到了传奇般的力量，取得了决定性的胜利；英雄带着这种力量从神秘的历险之旅中归来，赐福于他的人民。这就是他那影响深远的、构成了好莱坞最近几十年几乎所有大片核心与灵魂的"单一英雄"理论。

毫无疑问，《西游记》就是这样一部描写"英雄之旅"的著作：由唐僧、悟空、八戒、沙僧和一匹白马组成的取经队伍，为了拯救大唐皇帝，也为了南赡部洲百姓的福祉，从东土大唐出发，一路披荆斩棘、降妖除魔，终于到达灵山，取回真经，泽被众生。

对于取经之路是一次英雄之旅，我想任何人都是没有疑问的。问题是：这到底是谁的英雄之旅？

我们的回答是：这是唐僧的英雄之旅。但是，在表面上看来，悟空是最为活跃的人物，所以有些西方的翻译者就直接把《西游记》翻译为 *The Monkey*。不过，要说到取经的主体，则毫无疑问非唐僧莫属。当年六耳猕猴（其实也就是悟空的另一个自我）打伤了唐僧，抢了包袱行李，回到花果山，熟读了通关文书，准备自己组建一支取经队伍。赶到花果山讨要行李的沙僧有一段话说得好：“自来没个孙行者取经之说。我佛如来造下三藏真经，原着观音菩萨向东土寻取经人。菩萨曾言，取经人乃如来门生金蝉长老，只因不听佛祖谈经，贬他转生东土，教他果正西方，复修大道。一路上该有诸般魔障，解脱我等三人，与他做护法。兄若不得唐僧去，那个佛祖肯传经与你，却不是空劳神思也？”

另外，我们再看当唐僧师徒完成了西天取经之旅后，一路护送兼监督师徒四人的金头揭谛等人呈上观音的受难簿子，上面第一行就是“金蝉遭贬第一难”，也是再清楚不过地表明：唐僧才是取经之旅的主体。

所以，套用老子《道德经》中“三十辐共一毂，当其无，有车之用”的话语，唐僧虽然是取经团队中看起来最为虚弱无用的那一个，然而，他却实在是整个取经队伍的核心与灵魂。悟空也好，八戒也好，他们都是唐僧取经大业的辅助者。是唐僧，而不是悟空或八戒，取回了能够保全大唐皇帝李世民长久统治、能够给东土众生带来解脱的真经。在这个意义上，一部《西游记》，首先就是唐僧的“英雄之旅”。

不过，唐僧这个来自东土的英雄形象，在大概符合坎贝尔《千面英雄》里那个普遍的“单一英雄”理论的同时，也毫不意外地散发着独特的东方气息。他是以普通人的肉身凡胎而走完这趟英雄之旅的，而他的英雄之旅，也正好是中国文化，特别是中国儒家文化对于一个理想人物所规定的那条“内圣外王”之路。他与古代希腊罗马神话和现代好莱坞大片中的英雄都不一样，从而为中国也为全世界的读者提供了一份独特的启示与魅力。

什么是“内圣外王”？按其本意来讲，是指在内德行高尚，博通事理，具有圣人的才德；在外能施行王道，天下归往（“王”的三横代表“三大”，即天、地、人，用一竖相连，意谓能沟通三大，天下归往）。“内圣外王”原来是指古代圣王的境界，但随着文化的演进，“内圣外王”的内涵和外延均有所扩大。正如近代哲学大师冯友兰在他的著作《新原道》中说："在中国哲学中，无论哪一派哪一家，都自以为讲'内圣外王之道'"，而其核心内容，则正如梁启超所概括的："'内圣外王之道'一语包举中国学术之全体，其指归在于内足以资修养而外足以经世。"

"内足以资修养"与"外足以经世"，这个中国一切学术的指归，体现在理想人格的诉求上，就是对于一个理想人物而言，内在修养与外在的事功，都是必不可少的。毫不夸张地说，古往今来，凡是被中国人所崇仰的理想人物，莫不满足这两个方面的要求。

比如诸葛亮，他的"外王"表现为一生在政治军事上的卓越建树，所谓"收二川，排八阵，六出七擒，五丈原前，点四十九盏明灯，一心只为酬三顾；取西蜀，定南蛮，东和北拒，中军帐里，变金木土爻神卦，水面偏能用火攻"；他的"内圣"则表现在对蜀汉政权，特别是对刘备的一片忠心和赤诚，其《出师表》将这种忠心和赤诚表现得淋漓尽致。又比如曾国藩，他的"外王"表现为平定太平天国之乱，并开启了中国近现代化的历程；他的"内圣"则表现为一生以圣贤自期，不断提高自己的人格修养，并以此教育子孙，为后代树立了一个堪称完美的学习榜样。

诸葛亮、曾国藩都是庙堂之臣。其实，不仅是这些庙堂之臣，那些民间所崇仰的英雄人物也莫不如此。比如《水浒传》中的武松，他的"外王"表现为徒手杀死景阳冈的猛虎，以及此后怒打蒋门神、血溅鸳鸯楼等一系列惊世骇俗的英雄之举；他的"内圣"则表现为在关键时刻拒绝了潘金莲对自己的诱惑，守住了人伦的大防。

与之相对的，假如只有"内圣"或者只有"外王"，那么在中国人看来，都还是不够的。

只有"内圣"而没有"外王"的，比如孔子的得意弟子颜回，虽然安贫乐道，内在修养极高，但短命早死，所以虽然在一开始作为"亚圣"而配享孔庙，但随着时间的演进，还是免不了被孟子取代了"亚圣"的称号而被降为"贤人"。

只有"外王"而没有"内圣"的，比如《三国演义》中的曹操，虽然文治武功俱佳，但就是他在误杀吕伯奢家眷，以及故杀吕伯奢后所说的那句"宁教我负天下人，休教天下人负我"冷冰冰、阴森森的话语，就足以尽失后人之心，被钉在道德的耻辱柱上遭后人唾骂了。

那么，如何达到"内圣外王"的理想人生之境呢？明代哲学家王阳明指出了具体的道路，那就是：一破山中之贼，二破心中之贼。

王阳明"破山中贼"与"破心中贼"的说法，富有极强的哲理意味与现实内涵。以现代心理学的观点来看，影响人们理性判断的因素无非两个：恐惧与贪婪。王阳明所谓"山中贼"，其实就是能够引发"恐惧"情感的外在的威胁；而"心中贼"，其实就是能够引发"贪婪"情感的内在的诱惑。

解释完"内圣外王"及其外延知识，我们再回到唐僧。两相映照，我们就会豁然开朗：唐僧的取经之旅，其实也正是一次典型的"内圣外王"之旅。西行路上所遇到的种种魔障，其实正象征了一个人在做成一番事业的过程中所能遇到的种种考验。这些考验是以邪魔的形式出现的。乍一看，这些邪魔很多，比如红孩儿、牛魔王、金翅大鹏、蝎子精，等等。但明眼人一眼就能看出，这些妖魔无非可以分为两类：男魔与女妖。而这两大类妖魔，其实正对应着能够引起人恐惧心的外在威胁，以及能够引起人贪婪心的内在诱惑。

我们先说男魔。

西行路上的男魔，对于唐僧，他们有着一个共同的诉求：唐僧肉。他们威胁的是唐僧的生命，激发起唐僧的基本情绪是恐惧。包括他们那狰狞的相貌，都强化了他们的恐怖性。

　　这些男魔为什么要吃唐僧肉？原因很简单：唐僧肉是《西游记》中的一个稀缺性资源，有着益寿延年的神奇功效。在《西游记》中，这种稀缺资源一共就只有四种：太上老君的仙丹、王母娘娘的蟠桃、镇元大仙的人参果以及唐僧的一身好肉。前三种资源虽然就数量而言并不少，但对于下界的妖魔来说，基本上是不可能得到的。比如太上老君，那是整部《西游记》中唯一法力堪与如来媲美的大神，《西游记》中大半威力惊人的法宝，比如孙悟空的如意金箍棒、猪八戒的上宝沁金耙、金银角大王的净瓶与紫金葫芦、独角兕王那能套包括水火在内一切事物的金刚镯，都出自太上老君之手。面对这样有着绝大法力的神仙，想从他的手中得到仙丹，那绝对是痴人说梦。镇元大仙号称"地仙之祖"，我们看他几次与孙悟空交手，在举手投足间就能化解悟空的金箍棒，捉拿悟空如同探囊取物般轻松，就不难判断出，这人参果也不是那些妖怪所能染指的。至于王母娘娘的仙桃，虽是数量众多，但满天的神仙都指望着靠它来渡劫，所以对于下界的妖魔而言，也是镜花水月，指望不上的。相对而言，唐僧虽然就一个，但既然来到自己的领地，那就绝对没有放过的道理。

　　这些以唐僧肉为目的的男魔，确实给唐僧带来了极大的困扰。《西游记》在很多地方都写到了唐僧在面对这些妖魔时的狼狈和困窘。在西行路上，每当遇到高山大川、可能有妖魔的地方，唐僧都是忧心忡忡；及至妖怪出现，他的第一反应基本上就是手足瘫软，然后就魂飞魄散地摔下马来，泪如雨下。

　　表现如此，也难怪悟空经常说唐僧"不济"，是个"皮松"的"脓包"。但这只是问题的一个方面。从另一个方面，我们却也可以说，唐僧实在是这个团体中意志最坚定顽强的一个。悟空是无所畏惧的，但他的无所畏惧是有条件的，那就是他的金刚不坏之身、他的七十二般变化、他的如意金箍棒，还有筋斗云。八戒、沙僧虽然没有悟空那么大的本领，但也有一身足以自保的本领。唐僧有什么？除了一具令妖怪垂涎的肉身，他是一无所有。但就凭这一具肉身，出于自己的信仰，更出于对唐太宗的知遇之恩，他在接到任务——前往谁也没有去过的灵山后，就向着生死未卜的西方前进了。这份大勇猛、大刚毅，值得所有的人为之顶礼膜拜。

有人说，既然唐僧是这样一个有着大勇猛、大刚毅的人，为什么他总是一遇到妖魔鬼怪就显得那样窝囊无能？与历史上真实的一代高僧大德玄奘法师相比，这难道不是唐突圣僧吗？但我以为这正是唐僧动人的地方。因为，唐僧首先是一个人，一个有着七情六欲的人。一个像悟空那样有着大本领、大神通的人能够完成西天取经的重任不足为奇，而像唐僧这样一个有着人性的种种软弱与动摇的人能完成这样的任务，才能让人为之感佩不已，因为他除了要战胜困难，更要战胜自己。面对妖魔鬼怪，他害怕过、哭泣过，但从来没有放弃过。

再说女妖。

《西游记》中，也写了许多唐僧和女妖的故事。与那些男魔想吃唐僧肉不同，这些女妖的诉求，是唐僧这个人。她们以自身的美丽，对唐僧构成了巨大的诱惑，激发的是男性对于女性的欲望。

这些女妖为什么都想和唐僧结婚？难道是因为唐僧长得太帅，所以女妖精都无法自控地对唐僧动了情？不是的。对于个中原因，陷空山无底洞的锦毛老鼠精做出了解释："那唐僧乃童身修行，一点元阳未泄，正欲拿他去配合，成太乙金仙。"所谓"太乙金仙"，乃"仙"中比较低的一等，但不管怎样，"仙"毕竟和"妖"是不一样的，套用现代话语，这个区别就是"仙"乃是有编制的，只要名登仙籍，天上每年开蟠桃会就有机会得到王母瑶池的蟠桃，帮助自己度过每五百年就会到来的一次劫难。简言之，把唐僧杀了吃肉只能帮自己躲过一次劫难，而和唐僧结婚却可以位列仙班，几乎就永无后顾之忧了。

因为要与唐僧配合才能达到自己的目的，所以这些女妖普遍都长得很美。实际上，《西游记》中的女妖可以说是西行路上一道极其靓丽的风景线，盘点这些女妖，我们就会发现，她们几乎代表了人间所有对男性构成诱惑的女性类型。

比如盘丝洞的七个蜘蛛精，她们代表着青春活泼的女孩子对于男性构成的诱惑，套用心理学的术语，她们呼唤起的是成熟男性的"洛丽塔情结"。我们说七个蜘蛛精代表着青春女孩是有其道理的：在唐僧来到盘丝洞的时候，几个女孩子在踢气球，这是典型的少女的活动；她们都还各有一个干儿子，这很像小孩子在一起玩的过家家的游戏；她们在吊起唐僧的时候，是做了一个"仙人指路"的造型，这种富有孩子气的把戏，也只有未成熟的人才感兴趣。

又如陷空山无底洞的锦毛老鼠精，代表着善于居家过日子的温柔贤惠型女子对男性的吸引力。她要和唐僧成亲，会记得专门从无底洞外的井中打阴阳交媾的好水，亲自动手，安排一桌子素宴款待唐僧。和唐僧说起话来，都是柔情蜜意，一副小女人款待情郎的做派。

其他如荆棘岭的杏仙，出口成章，以诗传情，是薛涛、鱼玄机那一类文艺女青年对待意中人的典型方式；毒敌山琵琶洞的蝎子精，在大庭广众之下，竟然喊出了"唐御弟，那里走，我和你耍风月去来"的话语，这是那种妖冶放荡的辣妇形象。

面对西游路上的那些女妖，唐僧是否曾经有动于心？这是历来的读者都很感兴趣的问题。我们的回答是，至少在面对蜘蛛精幻化的那几个青春活泼的女孩子，唐僧确实曾怦然心动，有着片刻的难以自持。按照书中所写，四众正在行走，忽见一座村庄。平时都是悟空前去化斋，但这一次，唐僧却坚持要亲力亲为。悟空劝止不住，只好由着唐僧。唐僧于是拽开步，直至庄前观看。见那庄前有座石桥，住场却也幽雅。原来那人家没个男儿，只见茅屋之中，蓬窗之下，有四个女子，在那里描鸾绣凤。少停有半个时辰，静悄悄鸡犬无声。长老不敢近前，将身闪在树林边，看那些女子，一个个：

闺心坚似石，兰性喜逢春。杏脸红霞衬，樱唇绛雪匀。蛾眉横月小，蝉鬓迭云新。若到花间立，游蜂错认真。

大家一定要注意，这是在唐僧眼中看到的四个女孩子。而且这一看就是半个时辰，也就是今天的一个小时。在呆呆地看了这四个女孩子一个小时后，唐僧才突然醒悟过来，自己是前来化斋的："我若没本事化顿斋，也惹那徒弟笑我。"一时没主意，也带了几分不是，趋步过桥。又走了几步，只见那茅屋旁边，有一座木香亭子，亭子下又有三个美貌女子在那里踢气球。三藏看得久了，只得高叫一声："女菩萨，贫僧随缘化些斋吃。"那些女子听见，一个个欢欢喜喜抛了针线、撇了气球，都笑吟吟地接出门来道："长老，失迎了。今到荒庄，决不敢拦路斋僧，请里面坐。"

从书中的笔墨来看，说是唐僧没有片刻的动心，怕是谁也难以相信。

但唐僧依然战胜了众位女妖的诱惑。尽管对蜘蛛精有过片刻的动心，但他还是随即就端正了自己的态度。对于蝎子精、锦毛老鼠精等女妖，就算被她们捉到了密室之中，他都能咬紧牙关，坚决不从。

不过，这些妖精对于唐僧来说，毕竟还算不上终极的诱惑。原因很简单，唐僧也明白那些女妖对自己只是"醉翁之意"，她们并不是真的喜欢自己，而是那"十世童男子"的宝贵元阳，一旦元阳丧失，自己的性命就可能不保。从自保这个念头出发，唐僧在理智上也会对女妖的诱惑进行有力的抵制。

对唐僧构成最大诱惑的，是女儿国的国王。不错，女儿国国王是人不是妖。但在对男性的诱惑程度上，她却堪称终极诱惑。她貌美如花、富有四海而又情真意切，只要唐僧愿意，她情愿将自己的整个江山拱手送给唐僧，自己退居后闱相夫教子。一般来说，让男人神魂颠倒的无非就是美色、金钱、权力，而女儿国国王这三样应有尽有，只要唐僧一点头，所有这些都将不求自至。

所以，我们就看到了唐僧种种难以自持的表现。当太师前来提亲的时候，唐僧的表现是"低头不语""越加痴哑"；当女儿国国王喊出"大唐御弟，还不来占凤乘鸾"的时候，唐僧的表现是"耳红面赤，羞答答不敢抬头"；当女儿国国王一把拉住他，请他上金銮殿匹配夫妇的时候，唐僧的表现是"战兢兢站立不住，似醉如痴"。对于唐僧的这样一番表现，今人张锦池先生有一段非常精妙的论述。他说鲁迅先生有一段很有意思的话，"浊浪在拍岸，站在山岗上者和飞沫不相干，弄潮儿则于涛头且不在意，唯有衣履尚整、徘徊海滨的人，一溅水花，便觉得有所沾湿，狼狈起来。"假如将"浊浪"比作"情海"，用这段话来形容悟空、八戒、唐僧，倒是非常贴切的。悟空对女人全无感觉；八戒对好色从无掩饰；唯有唐僧，因为既要坚持自己的修行，又不能对女王的一往情深无所动于心，所以才显得非常尴尬。用仓央嘉措的传世名句"世上安得两全法，不负如来不负卿"来形容唐僧面对女儿国国王的心情，应该说是非常恰切的。

对于任何一个男子来说，要战胜这种刻在 DNA 中的欲望都是困难的。但是，世上没有两全法，所以无法做到"不负如来不负卿"。在留在女儿国坐享权势与金钱与继续西行求取真经这两个选项面前，唐僧还是决然地选择了后者。

那么，是什么力量支撑着唐僧拒绝了这绝大的诱惑呢？不外两点。一是责任。对李世民的知遇之恩，唐僧时刻铭记在心。当悟空开玩笑地说这世界上哪里有这么合适的婚姻，师父你就留在这里的时候，唐僧想到的是李世民对自己的殷切希望，说我们在这里贪图富贵，谁去西天取经？那不是望坏了我大唐之帝主也？在这个意义上，我们也可以说，在唐僧的身上，实际上是体现了古代士人重然诺、"士为知己者死"的宝贵品格。二是信仰，就是唐僧对悟空所说的，我怎肯丧元阳，败坏了佛家德行；走真精，坠落了本教人身。我看过一些现代人写的文章，很多人都在拿唐僧开玩笑，说唐僧最终拒绝了女儿国国王的求婚是不敢追求真情的软弱，说唐僧在整个西游过程中都在打一场极其搞笑的"下半身保卫战"，这种战争就是胜利了也没有什么意义，其实这样的看法是极其狭隘的。听从信仰的召唤而有所不为，是比单纯听从感情与欲望的吸引而放纵自己更为崇高的品质，因为前者放射出的是更为夺目的德性与信念的光辉。总之，唐僧切实地感受到女儿国国王的殷殷情义，对这份情义背后的富贵与权势也不是没有片刻的动摇，但在人生更大的责任面前，在自己的终极信仰面前，他还是拒绝了普通人难以拒绝的诱惑，通过了一般人无法通过的考验，这也正是唐僧难能可贵的地方。

有人可能会感到奇怪：一部描写取经僧西行历险的故事，作者为什么会安排那么多关于色欲考验的内容？原因很简单，情欲涉及种族的延续，它是与生俱来、深入到 DNA 之中的。食欲或许比情欲更为基本，但正如钱穆先生所说，食欲没有深度、容易满足，所以在多数情况下，它远不如情欲对人心构成扰动，佛家所谓"三十三天，离恨天最高；四百四病，相思病最苦"，正是对这一点的生动写照。正因为如此，能够拒绝来自异性的诱惑，就构成了"内圣"的最好证明。

就这样，经过一十四年、九九八十一难，唐僧战胜了以男性魔头为象征的外在威胁，以及以女性妖怪为象征的内在诱惑的考验，终于艰难地、有惊无险地完成了他的内圣外王之路，到达灵山，得成正果。

那么，唐僧的英雄之旅对于我们又有怎样的启示意义呢？我想主要是两点。

一是作者借唐僧的英雄之旅为我们昭示的内圣外王之路。人要做成一番事业，挡在面前的困难，说到底无非就是两点：威胁与诱惑。它们诉诸的无非就是人的两种基本情绪：恐惧与贪婪。正是这两种基本情绪，使得我们在做一些事情时方寸大乱。《西游记》中，这两者分别是以男魔与女妖的形象出现的。作品中有一句如同主旋律般反复出现的话语"心生种种魔生，心灭种种魔灭"，就非常清晰地表明了这一点。《西游记》以一种魔幻的笔墨告诉我们，只有战胜恐惧与诱惑，我们才能有所成就，完成我们的使命。

　　二是信仰的力量。唐僧以一具血肉之躯而能义无反顾地踏上西行之路，完成那看似不可能完成的任务，靠的就是信仰的力量。他以肉身凡胎而能成为取经团队的核心与灵魂，也是因为这一点。信仰让人战胜软弱，让肉身散发出神性，让生命变得坚硬而令人肃然起敬。

第二章

唐僧：君子之过

在《西游记》中，唐僧师徒的很多麻烦都是因为唐僧肉眼凡胎，人妖不分，被妖怪利用了善心而造成的。对于唐僧因过分善良而轻信，孙悟空的看法，套用鲁迅先生的话语来说，就是所谓"哀其不幸，怒其不争"。比如在黑松林，因为唐僧不听劝阻而一定要解救假扮作被劫掠女子的锦毛老鼠精时，孙悟空就说："师父要善将起来，就没药医你。"而我们后世人在说到唐僧的这个特点时，也常常把因善良而轻信作为唐僧的一大缺点。

那么我们的问题来了：唐僧因为轻信而被骗，我们还应不应该相信别人？唐僧因为善良而被妖怪利用，那么我们还应不应该善良？唐僧的故事对于今天的我们，又有着怎样的启示？

唐僧因善良而被骗，出于一片好心而给自己造成巨大麻烦的情形，一共有三次。

第一次是在西游五年的春天，骗他的妖怪是银角大王。当时银角大王奉了大哥金角大王的命令巡山，在捉住八戒之后，又去寻找唐僧一干人等。在山顶上，银角大王看到了唐僧、悟空、沙僧。银角大王久知悟空的厉害，于是心生一计。他变做一个被猛虎所惊摔断了腿的老道，躲在取经队伍必经处的草丛中，在唐僧等人经过的时候从草丛中爬出，恳请唐僧将他送回道观之中。唐僧答应了他的请求。唐僧好意让他骑自己的马，他说自己的腿脚跌坏了，骑不得马；让沙僧背他，他说刚才被老虎吓坏了，见不得沙僧这等脸色晦气的和尚；直到唐僧提出让悟空背他，他才欢欢喜喜地接受了。趁着悟空背他的时候，银角大王遣来了峨眉、须弥、泰山三座大山压在悟空身上，直压得悟空三尸神咋，七窍喷红，困在山下动弹不得，而后将唐僧和沙僧轻松捉回山洞。幸亏三座大山的山神认识悟空，这才将悟空放出；而后悟空又费尽九牛二虎之力，才算降服妖魔，救出唐僧。

　　第二次也是在西游五年，时间是在初冬，骗他的妖怪是牛魔王的儿子红孩儿。红孩儿早就听说唐僧是金蝉长老转世、十世修行的好人，算计着要吃唐僧肉益寿延年。也是忌惮悟空本领了得，于是变化作一个七岁的小儿，浑身上下赤条条的，吊在松树之上，大喊"救人"。悟空劝唐僧不要多事，唐僧不但不听，还要念紧箍咒，要不是沙僧苦劝，这一顿头疼是免不了的。悟空无法，只好陪着唐僧走近红孩儿，询问他吊在松树上的缘由。那红孩儿假说是被强盗杀了父亲、劫了母亲，自己被吊在松树之上，如今已经三天三夜；又说自己的家就在不远的前面，家中亲属还在，恳请唐僧将他送回家里。唐僧听了，果然就起了怜悯之心，答应了红孩儿的请求。接下来的情节，简直就是平顶山故事的翻版：唐僧让红孩儿骑马，红孩儿说吊了三天三夜，手脚都麻木了，骑不得马；唐僧说让八戒背他，红孩儿说八戒脖子上有鬃毛，怕扎着自己；唐僧又说让沙僧背他，红孩儿说被那些强盗吓坏了，见不得沙僧的晦气脸色；直到唐僧让悟空背他，那红孩儿才欢欢喜喜地接受了，而接受的结果，就又是趁便将唐僧捉回山洞。悟空有什么办法？少不得要与红孩儿交手。这红孩儿本领了得，特别是口鼻中喷出的三昧真火，更是威力惊人，一阵火焰喷出，悟空灼热难当，为了熄灭身上的火焰，悟空一头钻进涧水之中，结果被冷气一逼，火气攻心，登时昏死在涧水之中，要不是八戒及时施救，悟空这条猴命就算是交代在火云洞了。后来虽在观音菩萨的帮助下降服了红孩儿，但和牛魔王一家的仇恨也算是结下了。

　　第三次是在西游十三年的春天。那天，师徒四人经过一片黑松大林，悟空去化斋，唐僧与八戒、沙僧坐在林中，忽然听到前面传来女人嘤嘤的"救人"声。唐僧近前，原来是一个美貌妖娆的女人，被捆在一棵大松树下，下半截埋在土里，只有上半截露在地面。唐僧问她何以如此，那女子说自己住在贫婆国，清明和父母一起扫墓，遇见一伙强盗。几个强盗头子见自己长得好看，都想抢去做压寨夫人，吵来吵去，索性谁也不要了，就把自己捆在树林里，带领众强盗扬长而去，如今已经是五天五夜，看看就要命丧黄泉。唐僧听了，忍不住掉下泪来，就命八戒去解救那女子。八戒正要动手，被悟空赶到，及时喝住，说这女子乃是妖精所化，千万不要上当受骗。八戒看那女子长得好看，还要争竞，倒是唐僧说了："也罢也罢。八戒呵，你师兄常时也看得不差。既这等说，不要管他，我们去罢！"悟空听唐僧这样说，非常高兴，大喜道："好了，师父是有命的了，请上马，出松林外，有人家化斋你吃。"而后就把那女妖撇在一旁，一路走了。

　　看起来，这唐僧也是接受了前两次的教训，变得乖觉起来了。但这女妖也不是吃素的，她不动绳索，把两句言语用一阵神风，嘤嘤地吹在唐僧耳内："师父啊，你放着活人的性命还不救，昧心拜佛取何经？"

　　这两句话飘在唐僧耳内，一下子就击中了他的死穴。他立刻勒住马，对悟空说："去救那女子下来罢！"行者道："师父怎的又想起他来了？"唐僧说："他又在那里叫哩。他叫的有理，说道：'活人性命还不救，昧心拜佛取何经？'救人一命，胜造七级浮屠，快去救他下来，强似取经拜佛。"行者听了，于是就说出了我们在本集开头说的那句话："师父要善将起来，就没药医你。你要救他，我也不敢苦劝，我劝一会，你又恼了。任你去救，只是这个担儿老孙却担不起。"唐僧道："猴头莫说话！你坐着，等我和八戒救他去。"说完，就撇下悟空，和八戒重又走到那女妖面前，将那女子解救出来。而后，这女子就跟着唐僧师徒一路西行，先是在镇海禅林寺吃了几个小和尚，而后终于趁便将唐僧捉到了自己的陷空山无底洞。这个女妖就是我们耳熟能详、大名鼎鼎的老鼠精了。这老鼠精虽然只是个老鼠，但背景颇深，是托塔天王的干女儿；本领也颇为了得，与悟空交手，几乎不落下风；所住陷空山无底洞地形复杂，内有千洞万穴。为了解救师父，悟空又是一顿上天入地，费尽周折。

唐僧对妖精的态度，套用今天一句开玩笑的话，简直就是"妖精虐我千百遍，我待妖精如初恋"了。一般人在看到唐僧被几个妖怪所骗，特别是他不顾悟空的反复劝阻被锦毛鼠精骗了的时候，内心一定是充满焦急的，我们的心中一定盘旋着这句话：唐长老啊唐长老，给个套你就往里钻，你是不是傻？

我的回答是：实事求是地说，这还真不能全怪唐僧。个中原因有三：一是孙悟空引以为傲、反复自我吹嘘的"火眼金睛"，其实也没有那么灵验；二是这几个妖精，特别是锦毛老鼠精，其套路也确实是太纯熟了，直接击中了人性最柔软脆弱的部分；三是包括唐僧，也包括你我在内，从人的本性来说，容易轻信本来就是人类这个物种的一个特点（注意：我说的是"特点"而不是"缺点"）。

我们一般想到孙悟空的火眼金睛，都觉得十分厉害，感觉那一双眼睛就像 X 光一样，妖精们在这双眼睛面前会无所遁形。但是，我要说的是，这可能都是受中央电视台 1986 版电视连续剧《西游记》的影响。实际上按照原著的描写，孙悟空的这双火眼金睛对妖精的识别率还真是不高。比如在乌鸡国，狮子精变成了假唐僧，悟空就一筹莫展，还是八戒出主意让两个唐僧轮流念紧箍咒，这才将假唐僧识别出来。又如在火焰山，孙悟空从铁扇公主那里骗来了芭蕉扇，牛魔王知道后匆忙赶上并变成了猪八戒的样子，悟空也根本没看出对面的"八戒"竟然是牛魔王所化，结果到手的芭蕉扇又被牛魔王骗回。这种辨识失败的例子在《西游记》中还有很多。根据李天飞的统计，在《西游记》中，悟空总共用火眼金睛辨识对方31次，成功18次，失败11次，不好判断的2次，总体成功率58%，连及格线都没达到，唐僧不太相信悟空的火眼金睛，似乎也不是没有原因。

妖怪的套路太深，也是唐僧被骗的一大重要原因。这几个妖怪不但善于变化，而且还都是讲故事的高手。能讲一个好故事，是骗子能够成功的关键要素。站在骗子的角度，一个好故事一定具有三个特点：第一，它一定能巧妙击中我们的心理脆弱点；第二，它一定情节丰富、细节生动，让这事情听起来就像是真的一样；第三，它一定要提供愿景，让听者相信，只要照着骗子说的话去做，就能达成所望。

拿这三点来衡量红孩儿、银角大王特别是锦毛老鼠精的故事，真的是严丝合缝。你看那老鼠精，化身为一个孤苦伶仃的美貌女子，被绑在松林之中，下半截还埋在土里，一下子就激发起了唐僧的怜悯之心，说不定还有潜意识中男人对女人的保护欲，这是击中了唐僧的心理脆弱点；她讲的故事，那真是有鼻子有眼，什么扫墓啦，什么几个强盗头子看她长得好要抢她做压寨夫人而起了争执啦，真是情节丰富、细节生动，不由唐僧不相信；而当唐僧听了悟空的劝说转身而走的那一刻，她所喊出来的"师父啊，你放着活人的性命还不救，昧心拜佛取何经"，更是一下子就呼唤起了唐僧"救人一命胜造七级浮屠"的内心愿景。这么好的一个故事，这么貌美如花而又楚楚可怜的一个女子，这么可怜而又卑微的一点请求，换作是你，我问你救不救？

再就是人类的本性。根据现代心理学的研究，大脑在接收到信息的时候，首先会下意识地去理解它。哈佛大学心理学教授丹尼尔·吉尔伯特指出："在理解一个陈述之前，大脑一定会先试图相信它。"这是大脑的一个特性，除非它没有关注到，否则无论是听到的、看到的，大脑都会对它进行解读。对于大脑来说，只有理解了信息，才知道这信息对自己意味着什么；而在理解的过程中，信息就已经进入大脑，只要大脑没有追问"为什么""这怎么可能"等后续问题，对其真实性发生质疑，就算接受了这个信息，将其默认为真实的（见程志良《锁脑》，机械工业出版社，2018 年版）。在这个意义上说，轻信本来就是人类的天性之一。

所以，唐僧被骗，我们并不能因此就简单判定唐僧是个傻瓜。

特别是，和唐僧被骗的根本原因"善良"结合在一起的时候，我们就更不能简单地嘲笑唐僧。唐僧是被骗了，也确实因此给取经团队造成了很大的麻烦，但他的过错是"好人之过"，虽令人遗憾，但绝不应被过度指责，更不当被冷嘲热讽。

那么，从唐僧的"君子之过"中，我们能够得到哪些启示呢？我想主要有三点。

第一：你要善良。这一点我们要向唐僧学习：他虽一生坎坷，但善心始终不动。无论如何，善良都是一种美德，我们不应当因为善良受挫，就否认善良，转而投向邪恶的怀抱。我们有些观众可能读过特蕾莎修女的那首著名的《立场诗》，这首诗是这样的："人们不讲道理，思想谬误，自我中心，不管怎样，总要爱他们；如果你做善事，人们说你自私自利、别有用心，不管怎样，总要做善事；诚实坦率使你容易遭受攻击，不管怎样，总要诚实与坦诚……"从这首诗里，我们能够读到那种无视环境、坚守原则的态度，让我们觉得肃然起敬。康德说："美德是美德最好的报偿。"你有一种很好的德性的时候，不要首先想到这种德性为你带来怎样的好处，因为你获得了美德这件事情，就已经是你最大的回报了。

第二，你要优秀。这一点我们要比唐僧有所提升。只有优秀的人，才能做到真正的善良，并保持善良。

真正的善良需要智慧。为什么孙悟空说："师父要善将起来，就没药医你？"说来说去，就是因为唐僧经常用好心办坏事，他的善良带来的常常是很大的麻烦。以他和锦毛老鼠精的故事为例，唐僧不顾悟空的劝阻而解救了锦毛老鼠精，本来想的是"救人一命，胜造七级浮屠"，可他哪里知道，当他带着这个被他解救的妖精来到镇海禅林寺的时候，这个妖精在短短三天的时间里就吃掉了六个和尚。出于好心而使得六个和尚死于非命，尽管唐僧是无心之失，但这失误的代价也确实大了些。类似的故事其实在生活中是屡见不鲜的。比如《狼图腾》中就讲过这样的故事：有人因为狼会吃掉牧民的羊，认为狼代表了邪恶，就搞了一场轰轰烈烈的"打狼运动"，经过艰苦的努力，草原上的狼基本被消灭干净了，牧民的羊得以保全。但是，狼群消失后，草原生态平衡被打破，最终的结果是草场的沙漠化，大批的羊因为没有草吃而被活活饿死。看到羊被狼杀死而杀掉狼，其动机是善良的，但在某种程度上，这种善的动机却导致了巨大的"恶"。所以，仅仅善良是不够的，善良而要得到好的结果，还要有智慧。光有一腔善意而没有智慧，常常会因好心而办了坏事。

善良还需要能力，否则你就不可能持续地善良下去。在《西游记》中，我们看到唐僧因为解救了妖怪而被抓进了洞府之中，假如不是悟空、八戒等人及时搭救，在红孩儿和银角大王那里，他恐怕早就变成了一道美味佳肴。在锦毛老鼠精那里，则很可能会被老鼠精招赘做了夫婿。在《西游记》里，最理想的善良应当是观世音菩萨式的：她有普度众生的慈悲，但与此同时，她又有霹雳手段，足以拯救苦难的众生，以及消灭敢于冒犯她的任何妖魔鬼怪。这说明什么？说明善良是需要实力的。所以，我们一方面要有利他精神，做一个散发温暖的好人，但同时还要有散发温暖的实力。

第三，在保证基本安全的情况下，选择信任。

这有一点纠正《西游记》之偏的意思，因为在《西游记》里，唐僧的好心基本上没有得到好报，而这是不符合我们的现实生活的。《西游记》为什么这样写？一个很重要的原因是，取经团队与妖精之间是零和博弈：要么妖怪吃掉唐僧，就可以"向天再借五百年"；要么取经团队战胜妖怪，这样就能继续西行取经。在零和博弈中是没有中间路线的。但是，在现实生活中不是这样的，大部分博弈完全可以是双赢。在这种非你死我活的博弈中，最好的策略是什么？经过无数次的推演和计算机模拟，就是所谓的"一报还一报法则"。这个法则可以分为三个步骤：第一，对于任何人，首先的态度是选择信任与合作；第二，如果对方对得起我的信任，那就愉快地合作下去，如果对方坑害我，那么我就一定惩罚他；第三，惩罚之后，假如对方再次找我合作，我依然选择信任。

人是社会性动物，离不开合作，而合作就需要建立信任。要想赢得最多的合作，那么对于这个世界就应当采取尽量广泛的信任。并且，在能够保证自身基本安全的前提下，信任其实也是有其力量的：如果这个人是值得信任的，你的信任将会对他产生巨大的激励，使得他更加投入地合作完成一个事情；如果这个人是一个不值得信任的人，那么你给予他充分信任的时候，他就会胡作非为，破坏性就会暴露无遗，在这种情况下，信任就又可以是一种有效的防御措施。

而现代的科技手段，也使得人与人建立信任的难度在减小。德国社会学家卢曼对于信任有一个经典的说法："信任起源于重逢，没有重逢的地方就没有信任。"我们过去常常称赞乡村生活如何淳朴诚实，最重要的原因就是农村是熟人社会，你要做了什么坏事，是要付出很高的成本的。城市就不一样了，同在一个楼房里居住，你可能连对门是谁都不知道，所以在城市里即使做了坏事，逃逸成本也很低，所以这也就是诈骗之类的事情在城市里特别多的原因。但现在不一样了，随着移动互联时代的到来，特别是实名制推行之后，每个人都被实时跟踪在一个时空系统里面，很容易对一个人的身份进行识别，对其所有的行动进行存储和挖掘。这也就导致逃逸成本变得很高。只要逃逸成本很高，只要重逢变得越来越容易，实际上我们就进入了一种熟人社会。只要在熟人社会，你在社会上混下去，就一定要讲信用，因为不讲信用的代价非常高昂。

　　愿我们永葆善良，愿我们拥有持续善良的智慧和实力，愿我们对人性保持信任，并且这份信任不被辜负。

第三章

悟空：境界人生

　　《西游记》是一部内涵超级丰富的书。丰富到什么程度？已故北京大学著名学者吴组缃曾经半是玩笑半是认真地说：如果中国的书只能留下一部，那么这部书就应该是《西游记》。理由是在《西游记》中，中国文化的生长性要素无不具备。

　　也确实如此。在中国所有的文化典籍中，《西游记》所具有的文化活力可以说是无与伦比的。有一个现象，可以说是对于《西游记》的文化活力的最好阐释，那就是它是中国古典名著中被改编次数最多的。在古代是各种评书、戏曲，在今天是各种影视、动漫、游戏，毫不夸张地说，它是中国最大的 IP，它自我生长，自成世界，虽经数百年而历久弥新，从来就没有从中国人的视野中消失过。

　　伟大的作品和普通的作品最大的不同，就是它所具有的高度。它仰之弥高，钻之弥坚，无论你的人生进益到何种程度，它都依然能从上方照耀你。但《西游记》又与一般的伟大作品不同，它极高明而道中庸，不故作高深，所以从三尺之童到八旬之翁，从贩夫走卒到文人学士，深者得其深，浅者得其浅，都能从中得到自己所需要的东西。

　　我能感觉到一些读者的嘴角已经不由自主地撇在一边了——他们在心里说，悟空不过是一个虚构出来的猴子啊，哪里有那么大的意义嘛！——悟空当然是小说中塑造出来的人物，但正如英国历史学家卡莱尔所说："历史除了名字都是假的，小说除了名字都是真的。"卡莱尔的意思是，历史往往是胜利者所书写的，而胜利者难免会按照他们的意思涂改历史；而小说是写给不特定的读者的，如果不能写出世道人心，则根本就不会受到人们的接受和承认。况且，《西游记》又和一般由某个作家凭着自己的想象力虚构出来的作品不同，它源于历史而又成于历史，历史本身就拥有的深沉内涵，加上几百年间不断加深的文化积淀，都使得它饱含着能经得起世道人心考验的真谛。

所以，我们就需要重读《西游记》，从《西游记》中获得启示，助益我们的成长。

《西游记》中的男一号是孙悟空，所以我们就从孙悟空说起。

一部《西游记》，从悟空的横空出世写起，到师徒四人包括白龙马成正果告终，人生成长轨迹展现得最充分的就是孙悟空，在这个意义上讲，说《西游记》是孙悟空的一部成长史也是毫不过分的。悟空表面上是一只猴子，但谁都知道，他其实是被当作一个人，一个功德圆满的理想人物来写的。而在中国文化中，一个功德圆满的理想人生，按照冯友兰先生的话来说，是应当完整地经历四种人生境界的：自然境界、功利境界、道德境界、天地境界。对照冯友兰先生的"人生境界说"，我们就会发现，悟空生命的几个阶段，正好与冯先生所说的几重境界对应起来。吴承恩当然不是看了冯友兰先生的"人生境界说"而后才动笔写作《西游记》的，而冯友兰先生也不是通过对《西游记》的精研而得到他的"人生境界说"的，但一个是中国文化的完美体现，一个是对中国文化的精到总结，所以，《西游记》中悟空的人生轨迹就与冯友兰先生的"人生境界说"完美地契合了。并且绝非偶然地，悟空不同阶段的几个名字，恰恰也与冯友兰先生的几重境界有着若合符契般的对应。

第一个境界，是所谓"自然境界"，生活在这个境界的人，是所谓"生物的人"，他们以最本能的生物形式而存在，追求的是吃饱穿暖喝足等最基本的物质需要。自我意识觉醒之前的儿童，以及那些终生自我意识都没有觉醒的成年人，都是生活在这一境界之中的。浑浑噩噩，是这一阶段的人的最基本特征。

悟空的"自然境界"，是从出生开始，到水帘洞探源而结束的。这个阶段的孙悟空无名无姓，被叫作"天产石猴"。按照《西游记》的描述，这个时候的孙悟空是每天"食草木，饮涧泉，采山花，觅树果，与猿鹤为伴，麋鹿为群，夜宿石崖，朝游峰洞，真是'山中无甲子，寒尽不知年'。"我们看身边那些尚未通人事的小孩子，就是这个样子。他们浑浑噩噩、懵懵懂懂，还没有将自己和这个世界分别开来的意识。但一般来说，这个阶段不会太长久，吃可爱毕竟长不大。悟空的"自然境界"阶段注定会被打破，而向第二个阶段进化的。

第二个境界，是所谓"功利境界"。生活在这个境界的人，是所谓"现实的人"。他们的自我意识已经觉醒，他们的生活以自我为中心，追求的是自我的物质需求和精神需求。自私自利，是这一阶段人的最基本特征。在这里，"自私自利"并没有道德上的贬义，而只是对人行动的目的性的客观描述。他们在客观上也可以为别人做事，甚至可以牺牲部分自己的利益为别人做事，但根本目的还是为了满足自己的心理需求或更长远的物质利益，也就是平常说的"吃小亏占大便宜"。

悟空的"功利境界"，是从水帘洞探源开始，到被如来镇压在五行山下而告终的。水帘洞探险之旅，是悟空自我意识觉醒的开始。按照书中的描写，那是一个夏天，悟空和一些猴子在松荫下避暑，玩耍了一会，就去山涧中洗澡。只见那涧水奔流，真个似滚瓜涌溅。众猴都道："这股水不知是那里的水。我们今日赶闲无事，顺涧边往上溜头，寻看源流耍子去耶！"喊一声，众猴一齐跑来，顺涧爬山，直至源流之处，乃是一股瀑布喷泉。众猴拍手称扬道："好水，好水！……那一个有本事的，钻进去寻个源头，出来不伤身体者，我等即拜他为王。"众猴连呼了三声。

正是这三声呼唤，呼唤起了悟空的雄心或者说是野心。它在丛杂中跳出，瞑目蹲身，将身一纵，径跳入瀑布泉中。以此纵身一跃为界，悟空的人生也就进入了一个崭新的阶段：功利境界。后面的事情我们也都知道了：因为勇气以及替众猴找到了水帘洞这样一个遮风挡雨之处，他被尊为猴王；而后拜师学艺，超凡入圣；再后来上天庭，大闹蟠桃盛会与凌霄宝殿，扬名立万，声闻四海。与此相应地，他不但有了"孙悟空"这个正式的名字，还先后得到了"美猴王""弼马温""齐天大圣"等一系列用以标志其身份地位的称号。

悟空从"自然境界"到"功利境界"跨越的场景，其实在人类历史上屡见不鲜。历史上许多人物，其自我的觉醒，很多都是在一个看似偶然的场景中被激发起来的。我们举几个可能大家都耳熟能详的例子来说明这一点。比如刘邦，他的人生觉醒开始于目睹秦始皇出游的盛大场面。秦始皇是一个喜欢到处巡游封禅的皇帝，当他游历到刘邦的家乡时，那车马煊赫的场景极大地震撼了刘邦的心灵。他不由得发出了一声"大丈夫生当如是"的感慨，翻译成现代汉语就是：这才是男人该有的样子。也是从这一天起，建成帝王之业的野心就在他心中扎下了根。李斯的情况与此稍有不同。他原来在仓库担任类似管理员的小吏。他上厕所，那些又脏又瘦的老鼠见到有人来，一个个吓得仓皇失措，匆忙躲避；他到仓库，那里的老鼠肥肥大大，见到人来也不怎么惊慌。李斯于是得到了他在人生方面的一个重要启示：人和老鼠一样，你的不同，很大程度上取决于你所选择的平台。想明白了这个道理的李斯辞去了仓库管理员的工作，找到荀子，潜心学习，终于成为改变中国历史的大人物。当然了，从老鼠身上得到的启发终究格局不大，追求的只是眼前的苟且，所以他才会在秦始皇突然驾崩的时候选择了与赵高、胡亥为伍，不但成了大秦的罪人，自己也被过河拆桥，落了个兔死狗烹的悲惨结果。

对于功利的追求，是绝大多数人行为的根本动机，这也就是司马迁在《史记·货殖列传》中说的"天下熙熙，皆为利来；天下攘攘，皆为利往"。不过，这并不是很高的境界。欲望是无穷的，以物质来满足物欲，就是所谓"抱薪救火，薪不尽而火不灭"；如果一生都是停留在这一阶段的话，注定会以悲剧而告终的。悟空就是如此。当他大闹凌霄宝殿，要取玉帝而代之的时候，如来出手了。一记"如来神掌"，结束了悟空的"功利境界"，而其背后的深意，则是象征着无休止地追求自我利益为满足的努力，一定会以推车撞壁为终点的。

第三个境界，是所谓"道德境界"。生活在这一境界的人，是所谓"道德的人"，他们的一切作为皆以自我行义为目的，以他人和社会为中心，服从于社会伦理道德的需要。

悟空的"道德境界"，是从被唐僧从五行山下救出而开始，到西行取经终结而结束的。这时的悟空有了一个崭新的名字"行者"。我们之所以说悟空此一阶段处于道德境界，是因为在《西游记》中，取经是被界定为一件利益于大唐王朝、大唐众生的伟大事业，而悟空的使命，则是这项伟大事业的护法。悟空的生命是从石破天惊而开始的；这一次，他再次以"石破天惊"的方式，开始了新的生命历程。镇压他的山叫"五行山"，又叫"两界山"，山的名字以及悟空再次从山中迸裂而出的方式，都是意味深长的。

从"功利境界"向"道德境界"的变化，当然是非常艰难的。"功利境界"的人做事是为了自己，这是顺应我们作为自然人的本性的，所以天然有着强大的内驱力。但道德境界做事是为了别人，这就需要克制自私自利的本能。再就是在很多时候，你所为的"别人"，在很多时候和你的想法并不一样，甚至素质也不那么高，这就使得我们在很多时候会发出"帮助他是否值得"的疑问。以悟空而论，当年在花果山称王以及大闹天宫的时候，日子过得是何等的舒心写意、痛快淋漓。但在取经的路上，他却不得不低下身来，服侍着这个肉身凡胎、软弱无能，而又心慈面软、迂腐固执的师父。为了这个师父，用悟空自己的话说，真是操碎了"八毛七孔心"，饶是如此，唐僧还是对他不满意，好几次都因为意见相左，而一定要将悟空逐出取经的队伍，特别是六耳猕猴那一次，要不是如来和观音出面，悟空真是要打起铺盖，回归花果山，重新当他的猴王了。好在随着情节的推进，师徒之间增进了对彼此的了解，悟空开始感知到在唐僧那软弱的身体中蕴含着的信仰的力量，而唐僧也在一次次危机的到来与化解中明白了悟空的能力和真心，师徒二人最终还是尽弃前嫌，为了共同的取经大业而越来越心往一处想、劲往一块使了。

随着取经事业的圆满完成，悟空的生命也就进入了最后一个境界：天地境界。这一境界，他又取得了一个新的名字：斗战胜佛。悟空成佛了。成佛是什么意思？按照中国佛教文化来说，就是彻底觉悟了。彻底觉悟，自然就进入了生命存在的最高境界：天地境界。

"天地境界"之所以高于"道德境界"，原因有两点。一是因为道德这种东西还是受到历史、地域的局限，不同的时代、不同的国家和民族，他们所奉行的道德观念还是存在着很大的差别。人类历史上，我们几乎找不到有哪一条道德准则是放之四海、置之古今而皆准的。

"天地境界"的人对此有着透彻的认识，所以也就能超越世俗的道德。生活在这一境界的人，按照冯友兰先生的话来说，是所谓"宇宙的人"，他对社会人生、宇宙万物的真相都有透辟的觉解，他们以天地为旨归，自在自为自适，物我两忘，天人合一。当然，能够达到这一境界的人，在数量上是极其稀少的，按照冯友兰先生的话说，只有像孔子之类的圣人，才能够真正地达于或者无限趋近于此境。

在对"天地境界"有所了解之后，我们回过头来看悟空。因为一部《西游记》的主要任务是写唐僧西天取经的故事，所以作品对于这一境界的悟空描述甚少。但我们还是能从这吉光片羽的描述中约略窥见此时悟空的状态。比如到达西天，唐僧脱胎换骨后，转身对悟空等人道谢，悟空说什么？他说我们两不相谢。师父靠了我们到达西天，我们也靠了师父才得了修行的门路，成了正果。从中可以看出，此时的悟空对世间的很多事情都有了通达的洞见。又比如悟空到达西天后，被封为斗战胜佛，转头对唐僧说为什么不念一下松箍咒，将自己头上的紧箍褪去。唐僧说当年都是你心性狂野，所以才用紧箍咒约束你。如今你不需约束，紧箍儿自然就褪去了，不信你摸摸看，悟空一摸，头上的紧箍儿果然已经消失得无影无踪。

这一段描写，其实是有着巨大的象征意味的。人在没有达到真正的自由之境的时候，往往要靠社会的、道德的外在约束，才能让自己的行为不出正当的范围，但一旦到达真正的自由，就不需任何的外在约束，而无所不在高尚光明之境。这就是孔子所说的"从心所欲不逾矩"。当然，这一境界是极难达到的。伟大如孔子，在总结自己的人生经历时说："吾十有五而有志于学，三十而立，四十而不惑，五十而知天命，六十而耳顺，七十而从心所欲不逾矩。"孔子死去的时候是七十三岁，也就是说，他也仅仅在生命的最后阶段，才达到了这个最高的生命境界。紧箍儿的褪去，表明悟空已经达到了对于生命体认的最高境界。

悟空一生在不同阶段所达到的生命境界，大致已如前说。那么，我们能从悟空的生命历程中得到哪些启示呢？在我看来，主要的启示有两个：第一，我们该如何安放自己的心；第二，人生的目的究竟是什么。

我们先说第一个问题：该如何安放自己的心。

　　熟读《西游记》的人都知道，作者在提到孙悟空的时候，经常会称他为"心猿"。这是非常富有哲学意味的。实际上，在《西游记》中，他也正象征着我们人类那颗永不安分的心。那么这颗心怎样才能安定呢？《西游记》通过悟空一生的求索，给出我们的答案就是：投身到一项利益众生的事业当中，在这个伟大的事业中成就永恒的自我——这是我们唯一的安身立命之所。

　　人是追求自我实现的动物。除非我们永远停留在混沌的自然阶段，否则，只要稍有觉解，我们就都会千方百计地寻求自我实现的途径。这就是复旦大学刘文江教授所说的：人的一生，总有一个模糊的大志，总有一件未定的大事。我们的一生，就是找到这件未定的大事，实现自己原本模糊的大志。找到了、实现了，心就安了，人生也就圆满幸福了。

　　不过，这个模糊的大志，这件未定的大事，在绝大多数情况下并不是一开始就明确地树立在我们心中，而是慢慢生长出来的。这个过程往往是通过试错以及阶段性的进化来完成的。以悟空而论，最初是个普通的猴子，但被那几声呼唤唤起心中的野心或者说雄心之后，他就不再甘心于做一只普通的猴子了。他要做猴王。做了猴王，他又想长生不老，于是游历海外去学艺。本领的增强反过来又刺激了更大的野心和欲望，一座小小的花果山盛不下他了，于是又要做齐天大圣，乃至要取玉帝而代之。

　　悟空的种种表现，其实正是俗世中的我们不断膨胀的那颗心的真实写照。关于人心的永无满足，明代文学家朱载堉有一首叫作《十不足》的打油诗，可以说是描写得穷形尽相：

　　　　终日奔忙只为饥，才得有食又思衣。

　　　　置下绫罗身上穿，抬头又嫌房屋低。

　　　　盖下高楼并大厦，床前却少美貌妻。

娇妻美妾都娶下，又虑出门没马骑。

将钱买下高头马，马前马后少跟随。

家人招下数十个，有钱没势被人欺。

一铨铨到知县位，又说官小势位卑。

一攀攀到阁老位，每日思想要登基。

一日南面坐天下，又想神仙来下棋。

洞宾与他把棋下，又问哪是上天梯。

上天梯子未坐下，阎王发牌鬼来催。

若非此人大限到，上到天上还嫌低。

悟空就是这样。当他"上到天上还嫌低"，准备取玉帝而代之的时候，如来出手了。一记如来神掌，结束了悟空的美梦，也象征着通过欲望的满足来实现自我的途径终究是走不通的。悟空被如来压到五行山下，而且一压就是五百年。五百年后，观音为悟空指出了一条出路，这就是加入取经大业，在这项利益众生的事业中实现自我的价值。而我们也发现，观音所指确实也是一条明路。通读《西游记》，我们就会发觉，悟空的性格与气质在西游路上是逐渐发生了巨大的变化的，越到后来，他身上那种类似于江湖好汉的戾气越来越少，而那种除暴安良、利益众生的英雄气质则越来越多。他的性格越来越沉静，他的心越来越安定。一句话，在利益众生的取经事业中，他终于找到了自己的安身立命之所。

再说第二个问题：人生的目的究竟是什么。

人生百年，终将过去。我们生下来的时候两手空空，死去的时候同样是两手空空。来去空空，那么我们在这个世界上走了一圈，到底能得到什么？到底该追求什么？这个问题看起来似乎虚无缥缈，但实际上却是非常重要，除非你一生始终处于混沌蒙昧的状态，只要真正的生命意识开始觉醒，那么这个问题便会如影随形般地纠缠着你。

《西游记》为我们做出了回答。悟空求索一生，得到的是斗战胜佛的果位。而"佛"是什么？按照中国佛教的说法，佛就是"觉"。也就是说，《西游记》中，悟空经历了这一生，所得到的就是对宇宙人生的彻底觉悟。除了这个，什么都没有。

这个启示，应该说是振聋发聩的。

在过去科学不昌明的时代，我们还可能寄希望于来世，但在今天，科学已经成为我们的底层逻辑，我们已经明白自己就是宇宙的一个过客的时候，就再也没有回避的道路了。可以非常确定的是，我们来时两手空空，去时两手空空，除了这一生一世的体验外，我们什么都没有。所以，体认更好的人生经验，追求更高的生命境界，就是我们生命的核心价值所在。这个具体过程或有不同，但合人类之经验而言，大体的规律还是有的，这就是冯友兰先生归纳总结出的四个境界或者说由低到高的四个步骤，那就是：从无知的懵懂开始，到追求自我欲望的满足，再到追求道德的完善，最后达到对宇宙人生的大彻大悟。用有"日本经营之神"之称的稻盛和夫的话来说就是："我们降临俗世，经受各种风浪的冲击，尝尽人间的苦乐，或幸福或悲伤，一直到呼吸停止之前，我们都不懈地、顽强地努力奋斗着。这个人生的过程本身，就像磨炼灵魂的砂纸，人们在磨炼中提升心性、涵养精神，带着比降生时更高层次的灵魂离开人世。我认为这就是人生的目的。除此之外，人生再无别的目的。"

不过，也正像稻盛和夫所指出的，绝大多数人都因为种种原因，受诸多局限，而停留在功利境界之中，过着为欲所迷、为欲所困的人生。我们每天生活在这样的环境之中，渐渐地就忘记了生命还有更高层次的、更美好的、也更值得追求的东西。而《西游记》则通过悟空的生命轨迹，把这个境界的提升以生动的、令人充满兴趣的方式展现在我们面前，让我们在享受一个故事并得到充分乐趣的同时，领略到这个人生的真谛。人生如迷宫，《西游记》则是一架罗盘，有它在手，我们人生之路的方向会更明确而坚定。

第四章

悟空：成长之路

当代著名作家柳青有一句话说得特别好："人生的道路虽然漫长，但紧要处常常只有几步。"这紧要处，指的就是人生路径发生方向性改变的关键地方。向左还是向右，向上还是向下，在很多时候，就是这关键几步，就大体决定了我们一生的轨迹。不过，真要把这几步走好，却不是那么容易的事。

悟空就属于少数能把人生最关键那几步走得特别好的人。所以，就让我们聚焦于悟空一生最关键的那几个镜头，看看悟空是怎样完成他生命中至关重要的那几步跨越，并从中发掘悟空何以能如此的原因，助力我们自己的现实人生。

悟空一生中跨出的第一个关键步骤，是花果山水帘洞前那纵身一跃。

如果花果山要写一部山史的话，悟空和群猴的那次水帘洞探源之旅，绝对是一件要大书特书的重大事件。我们知道，悟空是从石头缝里蹦出来的，是天产石猴，刚出生的时候也曾目运两道金光，直射牛斗，惊动了玉皇大帝，但接下来的日子，也没有表现出什么特异之处来，无非每天行走跳跃，采花觅果，饥餐渴饮地过日子罢了。在一个炎热的夏天，悟空和一群猴子又到山涧中洗澡，这时，就有猴子提议，反正是闲来无事，干脆去寻个源流。一群猴子一齐跑到水源处，见是一股瀑布飞泉。众猴拍手称扬道："好水，好水！那一个有本事的，钻进去寻个源头，出来不伤身体者，我等拜他为王。"

后面的事情我们都知道，就是孙悟空应声高叫了一声"我进去"，而后就瞑目蹲身，一头钻进了水帘洞，为大家找到了一个天造地设的洞府，而众猴也都信守诺言，一个个序齿排班，朝上礼拜，都称"千岁大王"，悟空则高居王位，分派了君臣佐使，号令群猴，风光无限。

在我们今天看来，众猴嚷闹中喊出的那句"那一个有本事的，钻进去寻个源头，出来不伤身体者，我等拜他为王"，真堪称是打破花果山群猴千百年平静生活的一声惊雷。为什么这样说呢？这是因为，此前群猴过的是一种平等的生活，而这一声喊，就宣告了这种众猴平等的生活将一去不返。推戴首领这个需要既然已经产生，条件又已经明确，那么或迟或早，总有一只猴子会跳出来钻进水帘洞中。而只要那只猴子钻进去，就必定能探得源头出来，不伤身体——因为此后的情节已经告诉我们，这是难度系数基本为零的事情。我们可以设想，如果跳出来的不是孙悟空，而是其他的一只什么别的猴子，则孙悟空此后的命运也就只能接受那只猴王的驱遣。而现在，孙悟空率先跳进水帘洞，就把命运的主动权抓在了自己的手中。管理学领域有一句名言是：如果发生了黑天鹅事件，那么最好的结果就是你自己成为那只黑天鹅。悟空完成了生命中至关重要的一跃，成功地跨过了从普通猴到猴王的障碍，为此后的发展奠定了基础。

悟空生命中跨出的第二个关键步骤，是编好一只竹筏子，折了一根竹竿做篙，而后独自登筏，向着茫茫大海那尽力一撑。

为什么悟空要独自出海？熟悉《西游记》的读者当然都知道，是要去寻仙访道。而之所以动了这个心思，则是因为酒席上得到的一条信息。那天悟空正在和一群猴子喝酒、吃水果，酒至半酣，忽然悲从中来，泪流满面。众猴慌忙罗拜道："大王为何烦恼？……我等日日欢会，在仙山福地，古洞神洲，不伏麒麟辖，不伏凤凰管，又不伏人间王位所拘束，自由自在，乃无量之福，为何远虑而忧也？"悟空的回答是："今日虽不归人王法律，不惧禽兽威福，将来年老血衰，暗中有阎王老子管着，一旦身亡，可不枉生世界之中，不得久住天人之内？"

悟空的话，也引起了其他猴子的悲哀。不过，就在这一片悲声中，一只通背猿猴站了出来，厉声高叫道："大王若是这般远虑，真所谓道心开发也！如今五虫之内，唯有三等名色不伏阎王老子所管。……乃是佛与仙与神圣三者，躲过轮回，不生不灭，与天地山川齐寿。"猴王道："此三者居于何所？"猿猴道："他只在阎浮世界之中，古洞仙山之内。"

悟空面前也有两个选项：要么过一日算一日，抓紧时间及时行乐，等待死亡的来临；要么孤注一掷，海外寻仙，寻个长生不老的法门。总之，想按老样子永远在花果山自在为王，是一件根本不可能的事。

孙悟空当机立断，做出了自己的选择，"云游海角，远涉天涯，务必访此三者，学一个不老长生，常躲过阎君之难，"并且说到做到，第二天，他与众猴子喝了一天的酒，第三天，就驾起一只小木筏子，独自出海，踏上了茫茫的寻仙访道之路。而这一去，果然就找到了须菩提祖师，学成非凡本领，超凡入圣，长生不老，原有的生命轨迹得到了根本性的扭转。

悟空生命中跨出的第三个关键步骤，则是从两界山的石匣中迸裂而出后，向唐僧那深深一拜。

悟空在这里等唐僧已经等了好几年了。当初悟空大闹天宫，满天神仙拿他无可奈何，只好请世尊出手相助。世尊一记"如来神掌"，将手掌化作绵山，轻轻将悟空压在五行山下。五百年后，观世音菩萨上长安寻访取经人，路过五行山。此时的悟空已经知错，情愿给取经人做个护法，鞍前马后保护唐僧西行求经。如今终于等到唐僧，向唐僧说明缘由，请唐僧揭去山顶写着"唵嘛呢叭咪吽"六字真言的压帖，这才有了向唐僧那一拜。

自这一拜之后，悟空的整个生活方式都发生了根本性的变化。他从原来的破坏者变成了现在的守护者，一路谨慎守护着这个肉眼凡胎、迂腐固执的唐长老，面对着一波又一波要么图谋唐僧肉、要么图谋唐僧肉体的男女妖魔，取经大业好几次都几乎功亏一篑。这些失败，有的是因为妖魔的法宝太厉害。比如金翅大鹏的阴阳二气瓶，悟空被关进瓶中，被几条火龙缠绕，弄得火气攻心，连脚踝都被烧软了，要不是在危急之中想到观世音菩萨赐予的几根救命毫毛，变成一套金刚钻，悟空的性命怕是要葬送在这里，所以悟空逃脱之后，见到唐僧，才会发出"今得见尊师之面，实为两世之人也"的感慨。有的是因为妖怪的本领太高强。比如在玉华州碰到的九头狮子，根本不需与悟空动手，只要把头一晃，总有一个头能够准确咬住悟空，速度之快，根本来不及悟空反应。也有的妖怪本身本领并不高强，但是正好利用了取经队伍内部的裂痕，所以也能给取经队伍带来很大的麻烦。比如白骨精，她其实是既没有什么拿得出手的本领，也没有什么深厚复杂的背景，不过是利用了八戒好色、唐僧心慈面软以及取经团队刚刚组成还没有达到很好的互信的时机，也害得唐僧将孙悟空驱逐出取经队伍。但是，悟空凭着自己的本领和才智，以及积极寻求来自观音乃至如来等多方面的帮助，最终还是胜利地到达了灵山，在成功完成了取经大业的同时，也让自己的人生达到了圆满。

悟空能够由自然境界一步步走到天地境界，中间迈过了几道巨大的鸿沟。很明显，不是所有的猴子都能成为猴王，不是所有的猴王都能够长生不老，不是所有的妖猴最后都能成佛。而悟空却把这些横在各个生命阶段之间的鸿沟都跨过了。而认真探寻悟空所以能成功跨越好几个不连续性的鸿沟，主要的原因不外三条。

第一条叫作"敢为天下先"。这一点，特别突出地表现在悟空在水帘洞前那纵身一跃上。

我们已经说过，进入水帘洞探得源头并不是什么难事。但为什么谁都能做到的事，只有孙悟空挺身而出呢？说到底，是因为孙悟空具有这种"敢为天下先"的勇气。正是这纵身一跃，奠定了悟空在花果山的位置，也开启了悟空后来全部的人生之路。所以，悟空这充满勇气的一跃，乃是撬动其一生变化的关键环节。

"敢为天下先"关键是两点：一是胆量，二是先机。

先说胆量。"胆"为什么重要？我们人类有两个根本缺点：恐惧和贪婪，这两点是我们做事的最大障碍。所以在很多时候，制约你行动的，可能并不是你的才能，而是你的胆量。"敢不敢"永远在"能不能"之前。

再说先机。美国著名经济学家罗伯特·弗兰克在他的《成功与运气：好运和精英社会的神话》中曾问过一个很有意思的问题：假设现在有 A 和 B 两个人，两个人的天赋、努力程度、见识水平完全一样，但是开始的时候，A 的运气比 B 好一点点，大约好百分之五吧，那么请问，假以时日，A 的收入大概会比 B 高多少呢？也是百分之五吗？弗兰克的回答是：那就大错特错了。他给出的答案是百分之五百，甚至更高。因为人类社会是个非线性的复杂系统，这意味着初始条件好一点的话，最终结果不是按比例分配也好一点点，而是很有可能不成比例地把初始优势放大很多倍。弗兰克举了很多例子，从演艺圈到商业圈、体育圈，都令人信服地说明了这一点。当然，这绝不是说天赋和努力不重要，而是说在很多领域，特别是竞争激烈的领域，仅仅凭着天赋和努力，若没有幸运之光的照耀，成功的可能性也是非常渺茫的。有人说了，你说的那些都是幸运，和"敢为天下先"有什么关系呢？太有关系了。就本质而言，幸运就是你凭借偶然性的因素而得到了别人没有得到的先机。偶然性不重要，"先机"才是关键。假如说因为幸运而形成的初始优势存在着太多不可把控的因素的话，那么，"敢为天下先"，主动出击，就是把握先机、形成初始优势的最好办法。人是逐渐成为自己的，人生的成就是一步步累积的。在很多时候，你提前迈出了一步，就提前进入了一个其他人所不曾经历的境遇，你的经历和见识就会优于别人，而这些又会成为你进入下一个阶段的优势。

第二条叫作"舍得放下"。这一点特别突出地反映在悟空只身出海、寻仙访道的选择上。

海外寻仙是悟空一生中最重要的选择之一。问题是海外有仙人这个信息难道别的猴子就不知道吗？肯定不是。给悟空提出建议的那只通背猿猴，他既然能提出海外寻仙的建议，他自己当然是知道这个信息的。但是，他为什么不将知识化为行动呢？悟空与通背老猿不同。此时的他虽然已经贵为猴王，但他知道，照着原有的生命轨迹，见阎王是板上钉钉的事情。两相比较，海外寻仙虽然大概率的可能性是去找死，但九死一生，总好过留在花果山等死。

悟空和通背老猿的差别，说到底，是看待这个世界态度的不同。悟空的态度，就是能"舍得"，也就是有舍才有得；而通背老猿的态度，就是典型的"舍不得"，因为不舍，所以也就不得。用专业术语来表达，就是悟空的思维方式是"增量思维"，而通背老猿的思维方式则是"存量思维"。"存量思维"的特点是将目光集中在已经有的东西上，唯恐失去，所以害怕变革；而"增量思维"的目光却集中在未来，看重的是变化所可能带来的收益，所以拥抱变革。

凭着理性，我们都知道"增量思维"要好过"存量思维"。但是，真的要做到这一点却是难上加难。

这和人的两个心理特点有关。一个心理特点是损失厌恶，也就是说人们对于损失的厌恶要远远大于对获利的喜欢。有个心理实验说明了这一点。比如赌抛硬币，正面朝上，你赢100块；反面朝上，你输50块。正反面的概率是相等的，所以你实际上是占便宜的。但大多数人都不愿意玩这个游戏，其中的原因就是平白无故输掉50块其实更痛苦。研究人员发现，这种失去的痛苦甚至是得到同等好处的愉悦感的二到四倍。

人类的另一个心理特点是讨厌不确定性，也就是无论现在还是未来，无论是会带来收益还是损失，人们的选择很大程度上取决于他们所面临的不确定性，人们会压倒性地选择自己有把握的事情。斯坦福商学院的一项心理学实验证明了这一点。实验分两个部分：第一部分，让参与者在现在能得到或损失一笔固定的奖励，和一年后可能得到或损失一笔更大的奖励之间进行选择的时候，大部分参与者都选择了现在得到或损失一笔固定的奖励。第二部分是要试验的参与者在现在得到或损失一笔更大的奖励与一年后得到或损失固定的奖励之间进行选择，大部分参与者选择了一年后得到或损失固定的奖励。

　　这两点叠加起来，就使得人们常常在取舍关头难以做出正确抉择。克服这两个心理特点或者叫心理偏失当然是困难的，不过，一旦克服，就往往能在你的前进之路上显现出巨大的影响。一个特别生动的例子是英特尔公司。1984 年，英特尔公司的总裁格鲁夫和董事长兼 CEO 摩尔都已经意识到，与日本的厂家相比，英特尔原来的存储器业务很快会丧失竞争优势。英特尔公司要想活下去，必须寻找另外的方向。但是英特尔以存储器起家，几个创始人都是这个领域的专家，要放弃存储器业务，内心的痛苦和纠结可想而知。这时格鲁夫问了一个问题，他对摩尔说，如果公司再这样经营下去，股东们一定会把我们踢出董事会，聘用一个新的 CEO。你认为这个新的 CEO 会采取什么行动？摩尔犹豫了一下，说他会放弃存储器业务。格鲁夫听后，死死盯着摩尔，说既然如此，那我们为什么不走出这扇门，然后自己做这件事呢？而后面的故事我们也都知道了，英特尔放弃了存储器业务，专注于微处理器业务，而后成为全球最大的微型计算机处理器供应商。

　　所以，千万不要将《西游记》等闲视之。在孙悟空独自撑着筏子，回首向花果山的悠然一瞥中，蕴含着许多人一生都不一定能参透的智慧。梭罗在《瓦尔登湖》中曾经讲到过某个印第安部落的习俗。这个部落每年在熬过漫长的冬天之后，都会举行一个仪式：把这个部落的所有资产，包括帐篷以及一些日常用品，放一把火通通烧掉，然后就围着这堆火跳舞，庆祝过去的这些东西毁于灰烬。梭罗说，这个仪式正说明了原始部落精神上的强健。悟空就是这样，带有那种真正的强健的精神，敢于打碎旧有的一切，替自己再打造一个全新的未来。

第三条叫作"昂扬乐观"。这种昂扬乐观，特别突出地表现在西行之路面对妖魔的态度上。

悟空对于妖怪总是抱有一种迎接挑战的兴奋感。在这一点上，他和唐僧、八戒形成了鲜明的对比。唐僧听到有妖精往往会被吓得一屁股跌到马下，八戒听到有妖怪就要绕着走，而悟空每到一处，时常是主动问询可有妖怪，听到有妖怪，总是主动请缨，还要感谢人家"照顾老孙生意"。

这种昂扬乐观还特别表现在他幽默滑稽的处事风格以及言谈话语中。比如在朱紫国，他向妖怪通报自己的姓名，说自己的名字叫"外公"，当妖精出来喊一声"朱紫国来的外公在哪里"时，悟空笑吟吟地站了出来，说"老孙便是"。

作者为什么赋予孙悟空这样一种昂扬乐观的态度？是因为这一点对于战胜困难确实特别重要。梁启超曾说："盖人生历程，大抵逆境居十六七，顺境居十三四，而顺逆两境又常相间以迭乘。无论事之大小，必有数次乃至十数次之阻力，其阻力虽或大或小，而要之必无可逃避者也"（《论毅力》，《饮冰室文集新民说》）。在奋斗的路上，挫折与困难是一种常态。在这种恒久长期的挑战中，真正能不能把一个事情坚持下来，你对这个事情所持有的态度是乐观还是悲观，是具有决定意义的。

现代心理学更是在科学的角度上证明了乐观精神的重要性。人存在着一种在心理学上叫作"自证预言"的效应。所谓"自证预言"，就是人并非被动地任凭环境影响，而是主动地根据个人的期望，做出相对的思想及行动反应，从而使愿望得以实现。印度诗人泰戈尔说："有时爱情不是因为看见了才相信，而是因为相信了才看见。"其实不仅是爱情，这世界上的很多东西都是这样。我们甚至可以根据这个对待"看见"与"相信"之间因果关联的态度而把人分成两种：一种是相信了才看见，另一种是看见了才相信。而乐观的人，就是那种"因为相信，所以看见"的人。相信未来，对未来有一个更好的期待，你就会倾向于寻找符合高期望的正面信息，而那些正面信息又会使我们变得越来越乐观和充满自信，行为上也更加积极，这就大大提升了成功的机会。而成功又会反过来刺激我们的自信，让我们对这个世界的看法更加乐观。在这个意义上说，选择了乐观的态度，你也就打开了成功模式的那个至关重要的开关。

　　这一章，我们分析了悟空何以能实现从猴到佛完美跨越的几个原因：他敢为人先，抓住了稍纵即逝的机会；他有舍有得，扭转了原有的生命轨迹；他昂扬乐观，积极应对，完成了取经的重任，也完成了自己生命最灿烂的升华。愿你能从悟空的经历中有所启发。

第五章

悟空：求助的艺术

之所以要用"求助的艺术"作为标题，是因为明末清初的小说理论天才金圣叹对《西游记》的一个评论。金圣叹对《水浒传》称扬备至，这一点我是同意的；但他对《西游记》的评价，我就不能同意了，特别是他对于悟空的一个评论。这个评论是这样的："《西游记》每到弄不来时，便是南海观音救了。"语气中的不以为然，隔着三百多年的时空，我们依然感受得到。

在很多时候，悟空自己明明可以"弄得来"，他也会去找观世音或其他大神。这绝非悟空无能，而是出于一种比独立自主、万事不求人更高级的智慧。人与人之间的相处，如果只是一味地索取，或者说单方面的"受"，当然是不好的，这一点谁都知道；但一般人往往不知道的是，万事不求人，甚至只是一味的施与，也并不是很好。"施"与"受"常常是统一的，套用《心经》中的话来表述，就是"施即是受，受即是施"，在很多时候，放下身段求助对方，接受对方的施与，甚至主动向对方索取，乃是一种更高级的施与。当然，这种高级的智慧，并非是悟空一开始就具备的，而是随着生命的历程逐渐领悟的。

在悟空最早的性格词典里是找不到"求助"这个词的。自从他学成大道离开了须菩提祖师后，指导悟空的行为准则就是所谓的"强者为尊"。

在这种处世哲学的指导下，即使他缺少什么，也是以自己的实力为基础的索要，而非放低身段的求助。一个典型的例子，就是到东海龙宫索要兵器。

悟空学艺归来，小试身手，打败了混世魔王，顺便也就得到了混世魔王的那口大刀。大刀在手，悟空嫌它狼犺（láng kàng，笨重）不好用，于是就有老猴建议，说东海龙王那里有的是宝贝，何不前去索要一件趁手的兵器。悟空大喜，当即就来到水晶宫。巡海夜叉问他姓名，好去通报老龙，悟空自报家门，说自己是"花果山天生圣人孙悟空"，那口气真的是狂妄已极。当他试遍了龙宫的武器，终于得到了如意金箍棒，又得寸进尺，定要一套披挂，理由是"当初若无此铁，倒也罢了，如今手中既拿着它，身上更无衣甲，你若有，送我一副，一总奉谢"，老龙说没有，他的回答是："真个没有，就和你试试此铁"——这是赤裸裸的武力威胁，老龙一片好心给他兵器，反倒成了罪过了。最后的结果是老龙只好敲起铁鼓，将其他三海的龙王招来，你脱鞋，我脱衣服，他摘帽子，现凑了一套衣甲，才算把悟空打发出门。我们在读《西游记》的时候读到这一段，往往会觉得挺有意思，这主要是因为我们是站在悟空的角度来理解他的。假如站在客观中立的立场上，恐怕谁都不会欢迎这样一个登门入室、强取豪夺的邻居吧。

悟空的性格开始发生变化，是从他败给如来、被镇压在五行山下，经过了五百年的反思之后。那天，观音接受了如来的嘱托，带着木叉到东土寻访取经人，路过五行山，看到山顶如来的压帖，于是就议论起了悟空当年大闹天宫、最终被如来镇压的往事。

悟空听到议论，在山脚下高声喊叫，将观音和木叉吸引了过来。观音菩萨见到悟空，开口的第一句话就是："姓孙的，你认得我么？"凡是中国人，都能听出这个问句中极其强势的语气。悟空的回答呢？是："我怎么不认得你？你好是那南海普陀落伽山救苦救难大慈大悲南无观世音菩萨。"回答中的谦卑简直到了无以复加。而当观世音菩萨说出"你这厮罪业弥深，救你出来，恐你又生祸害，反为不美"的时候，悟空的回答是："我已知悔了。但愿大慈悲指条门路，情愿修行。"在所有这些对话中，我们都可以感受到悟空的柔软。悟空为什么会发生这样的变化？当然是因为他在如来那里吃了大亏。这个大亏告诉悟空，他并非如自己想象的那样天下无敌。这样，他"强者为尊"的处世哲学就执行不下去了。在悟空的观念中，就有了"服软"这个概念。

等到真的走上护送唐僧取经的西行之路，悟空就更加意识到自己绝不是万能的了。西游路上，悟空遇到妖怪，在和对手开打之前，经常会通报一下自家的名姓，吹嘘一下自己当年大闹天宫的英雄事迹。这里面当然有快速解决问题的考虑——能动嘴解决问题，干嘛非动手不可呢？所谓"不战而屈人之兵，善之善者也"。

悟空在信心满满地说出自己姓名的时候，受到的经常是对方的一通奚落。比如黑风山上的黑熊精。因为悟空的虚荣心，撺掇唐僧将锦襕袈裟拿出来在金池长老面前炫耀，就导致了后来金池长老和徒弟打算烧死唐僧师徒、强夺袈裟，反被悟空借火烧死的事情。唐僧虽然安然无恙，但袈裟却被前来救火的黑熊精偷走。悟空前去讨要，黑熊精不给，双方于是大打出手。交手之前，黑熊精问他是谁、有什么手段，悟空回答说我是孙悟空，要问我的手段，说出来让你魂飞魄散，接着就把自己当年如何大闹天宫等光荣事迹说了一遍。黑熊精静静听他说完，然后笑了，说："你原来是那闹天宫的弼马温么？"

人家不买账倒还在其次，关键是很多时候，悟空还真的是打不过人家。比如这个黑熊精，悟空和他打了几乎整整一天，也没有占到半点便宜。而随着时间的推移，悟空遇到的敌手就更多了，像青牛怪、牛魔王、黄眉大王、金翅大鹏，都是凭悟空的实力无法单独战胜的。

在经历了这许多的妖魔、明白了"强中自有强中手"的道理之后，悟空看待这世界的方式有了很大改变。悟空把这个观念明确说出来，是在陷空山无底洞和猪八戒的对话。唐僧被老鼠精劫走，悟空与八戒打听到陷空山无底洞的方位，前去解救唐僧。到了无底洞附近，悟空派八戒前去探路，八戒在山头上遇到了两个打水的女子。这里面有一个很搞笑的描写，就是猪八戒看到这两个女子后，直接上前叫了一声："妖怪。"这两个女人还真是妖怪。这就怪了，八戒又没有孙悟空的火眼金睛，怎么一眼就能看出两个女人是妖怪？原来他看到这两个女子头戴一尺二三寸高的篾丝鬏髻，甚不时兴。所谓"鬏髻"是古代女人的一种头饰，用头发、金属丝、竹篾等编成，是已婚妇女经常佩戴的一种装饰，其大小高低也会随着时间而有不同的流行样式。八戒从一个过时的头饰而能看出这两个女人是妖怪，其实表明的是作者的审美观点，也即是说在作者的眼中，这种高高的头饰看起来根本不好看，怪模怪样，像妖精一般。两个妖怪听见八戒这么说她们，非常生气，两个人互相说道："这和尚恁戆！我们又不与他相识，平时又没有调得嘴惯，他怎么叫我们做妖怪？"抡起抬水的杠子，劈头就打。

八戒手中没有兵器，遮架不得，被她们打了几下，捂着脑袋跑上山来。悟空问知原委，笑着说打得还少。八戒说脑袋都打肿了，你还说少。然后悟空就说了一段话。他说："温柔天下去得，刚强寸步难移。他们是此地之妖，我们是远来之僧，你一身都是手，也要略温存。你就去叫他做妖怪，他不打你打谁？岂不闻'人将礼乐为先'？"八戒说这个我却不晓得。见八戒不晓得，悟空就又说，你自幼在山中吃人，你知道有两种木头吗？一种是杨木，一种是檀木。杨木性格柔软，便于雕琢，能工巧匠于是就把杨木拿来，雕刻成圣贤佛菩萨的样子，妆金上粉，万人烧香礼拜，受了无量之福；那檀木性格刚硬，油坊里取去做了柞撒（榨油用的木楔），使铁箍箍了头，又使铁锤往下打，只因生性刚强，所以受此苦楚。最后悟空又给八戒提出建议：你到他跟前，行个礼儿。看他多大年纪，如果和我们差不多，叫他声"姑娘"，如果比我们老些，叫他声"奶奶"，然后再套他们的话。八戒照悟空的话去做，果然就收到了很好的效果。

怎么样？看到悟空这番话，是不是觉得和自己印象中的悟空大不一样，甚至觉得有点不敢相信自己的耳朵？其实，这主要是因为我们大多数人对《西游记》的了解都来自电视剧，而不是原著。如果仔细阅读原著，我们就能够在文字中感觉到悟空性格变化的轨迹。要特别说明的是，尽管老鼠精的故事发生在《西游记》的后半部分，但一味刚强不能解决问题的道理，是悟空被镇压在五行山下那五百年就悟到了的，这一点我们在他和观音菩萨对话的时候就能感觉得到。既然知道自己并非万能和"温柔天下去得，刚强寸步难行"的道理，所以悟空后来遇到事情向别人求助，也就是一件非常正常的事情了。

不过，悟空的求助于人，又不可以一概而论。

这里面有些情况，就是简简单单地出于无计可施的无奈。比如在通天河遇到的灵感大王。这灵感大王的手段和悟空相比有着很大的差距，但他抱定了坚决不出战的主意，还用泥沙石块把大门堵得严严实实，这就让悟空、八戒无可奈何。悟空没有别的办法，只好去求助观世音菩萨，观世音菩萨用竹子编了一只篮子，跟着悟空来到通天河，解下丝绦做绳子，在云端将竹篮扔进通天河，不大一会，就将一尾金鱼拎了上来——原来，这灵感大王乃是观音菩萨南海中一只浮头听经的金鱼，手中的铜锤，乃是南海中一只尚未开放的荷花，被他练成兵器。

又比如凤仙郡大旱。三年前的十二月二十五日，郡侯在斋天的日子和妻子吵架，一怒之下推翻了斋天的素供喂狗，被出游的玉皇大帝看到。玉皇大帝大怒，于是罚凤仙郡大旱，并且在凌霄宝殿立下了米山、面山各一座，米山下有一只公鸡，面山下有一只哈巴狗；又立下一道黄金锁，锁下有一碗油灯，声言只要鸡不啄尽米山之米，狗不吃尽面山之面，凤仙郡的大旱就将一直持续下去。悟空为了解救凤仙郡的百姓，上天找玉皇大帝求助，玉皇大帝允许凤仙郡的官民做善事化解，这才解了当地百姓无雨之苦。当然，悟空的成熟不仅表现在他已经懂得人都有靠自己解决不了的问题，所以不必所有问题都自己一个人扛，也表现在他求人之后的种种表现。

以前面提到的通天河、凤仙郡为例。通天河上，当观音菩萨把灵感大王降服之后，悟空请观音菩萨立在空中，好让陈家庄百姓都来一睹菩萨金面，一则留恩，二来说此收妖之事，好教凡人信心供养。菩萨答应了，于是八戒、沙僧连忙飞跑到陈家庄前，高声叫道："都来看活观音菩萨，都来看活观音菩萨。"那陈家庄老幼都到河边，也不顾泥水，都跪在里面磕头礼拜。又如当风云雷电四部奉玉帝之命到凤仙郡降雨之后，悟空没有放众位神仙马上返回天宫，而是让他们伫立云霄，拨开云雾，各现真身，大约半个时辰之后才放他们回去。悟空为什么让观音菩萨、风雨雷电四部众神留在空中？原因很简单，一是给足这些前来帮忙的神灵们面子；二来他是让凡人们把这些神灵画下来，供养在家中，四时祭祀。

很多人听到这里可能会有一个疑问：神仙都那么厉害，凡人对他们来说有那么重要吗？回答是：太重要了。中国的神仙世界也有自身的逻辑，在中国神仙世界的逻辑里，神佛对人也是有需求的，这个需求就是"香火"，正是人间的香火，供养着高高在上的天界。所以，悟空对这些神佛菩萨在有所求之后，都是有所报答的，这其实也就是孔子所说的"惠则足以使人"。

但也有一种求助，就是悟空明明可以自己解决问题，但仍然选择了求助于人。而正是这种求助，体现出了更高的人际交往的智慧。

比如在祭赛国遇到的九头鸟。九头鸟或说九头虫是碧波潭老龙的女婿，偷了祭赛国的国宝舍利子，结果让全寺的和尚为他背了黑锅。悟空替和尚打抱不平，带着八戒到碧波潭捉拿妖怪，悟空与九头虫争斗，八戒助阵，结果九头虫现出原形——一只凶恶的九头鸟，一口将八戒咬住。悟空潜入龙宫，打死老龙，救出八戒，正在商议下一步如何对付九头鸟时，正好碰上打猎路过的二郎神和他的梅山七兄弟。悟空当即就让八戒去约见二郎神，请求帮忙。二郎神慨然应允。当天晚上，悟空和二郎神开怀畅饮，第二天一早，即兵合一处，前往碧波潭收妖。万圣老龙的儿子、孙子先后被八戒等人打死，九头鸟现出原形，伸出一个脑袋要咬二郎神，被二郎神的细犬一口咬下，九头鸟负痛带着剩下的八个脑袋逃之夭夭。悟空变作九头鸟的模样进入碧波潭，从龙女处骗得舍利子佛宝和九叶灵芝后现出本相，龙女来抢，被八戒一把打死。如今老龙一家只剩下一个龙婆。悟空、八戒捧着宝贝，押着龙婆，来到祭赛国，将佛宝安放于宝塔之中，宝塔顿时恢复了旧日光彩；又饶恕了龙婆的性命，让她永远看守宝塔。

悟空为什么要请二郎神帮忙？我们来听听悟空自己的解释："八戒，那是七圣兄弟，倒好留请他们，与我们助阵，倒是一场大机会。"这个"大机会"是什么？是悟空、八戒敌不过他们，要请救兵的机会吗？绝对不是。是因为九头鸟厉害吗？非也。在《西游记》中，九头鸟其实并不是什么厉害的大魔头，他的老丈人碧波潭的老龙一家更是一帮不堪一击的乌合之众。在二郎神到来之前，悟空和八戒已经把老龙打死，只不过没有乘胜追击而已，场面上是完全占了上风的。就连二郎神自己听了悟空叙述的经过，都问为什么不继续攻击，"却不连窝巢都灭绝了？"

那么这个"大机会"是什么？其实很简单，就是与二郎神去除前嫌，建立交往的机会。明白了这一点，我们再看悟空在这一回里与二郎神见面的前后种种表现，比如让八戒先去通报，待二郎神请自己而后才与其相见；与老龙一家交战时自己只是与八戒打下手，把主要的敌人九头虫交给二郎神处理等等，都能看出悟空的心思。再看一看悟空与二郎神交谈时那温文尔雅的外交语言，我们不得不说，经历过"真假美猴王"事件之后的悟空，真的连气质都发生重大的改变了。

为什么悟空会把请二郎神帮忙看作一个与之去除前嫌、建立交往的机会？这里面其实蕴含着人际交往的重要智慧。在人际交往中，一般人都会将交往的双方分为两个角色：索取者与给予者，而大体来说，假如我们具有一种强者心态的话，我们都愿意去做那个给予者。

但是，总是做给予者，是不是就一定好呢？回答是不一定。在很多时候，索取本身就是给予，很多给予就是以索取的方式表现出来的。悟空向二郎神求救，就是用索取的方式与其建立一种密切合作关系的手段。请别人帮自己一个容易办到的小忙，这在很多时候非常方便建立友谊。

这里面蕴含着三个人心的秘密：第一，人都是有自尊心的，都希望自己的价值能够得到他人的承认和尊重，你放低身段请别人帮忙，本身就是对对方价值的最大尊重。在这一点上说，你索取的是对方的帮助，给予的则是价值感的满足。第二，在人际关系中，付出者永远要更爱得到者一些。父母与子女，谁是付出、谁是得到，我们一目了然；谁爱谁更多一些，我们也是一目了然。父母子女之间如此，朋友之间其实也是如此。既然如此，我们就不妨借用这一点，在得到对方帮助的同时，也得到对方的爱。第三，人们在付出的同时，也希望得到回报。在这个意义上说，你向对方求助，也就创造了对方报答你的契机，创造了一个彼此交往的机会。

回过头来说悟空。假如说悟空在求助于观音、黎山老母、玉帝的时候，乃是处于一种不得已；但在求助二郎神的时候，却绝不仅仅是简单的求助而已。在这种明明可以自己解决而一定要求助对方的做法中，蕴含着悟空对人心的洞察。

其实，在古代小说中，把这个道理揭示出来的不仅仅是《西游记》。著名作家、学者王蒙先生在其《王蒙活说红楼梦》中，就指出过《红楼梦》中的类似笔墨。比如第四十四回，贾琏跟鲍二家的私会，被凤姐撞见，两人争吵起来，这时，贾琏一怒之下拿着剑就要杀凤姐。当时凤姐并没有立刻叫来小厮丫鬟阻止贾琏的行为，反而丢下众人，哭着往贾母那边跑去，等到跑到贾母跟前，便立刻跪下，哭着扑到贾母怀里，大声道："老祖宗救我，琏二爷要杀我呢！"可以说是声泪俱下。

对此，王蒙先生就分析道，凤姐这一跑一哭，实际上大有深意。贾母虽然老了，也经常说自己是个老废物了，但是她心里还是希望有人认同她的地位的。凤姐跑去找贾母，贾母就会觉得凤姐拿她当回事。即使威严如凤姐一般的人物，也会遭遇难题，也只能依靠她来解决难题。这样一来，贾母的权威和价值得到了体现。凤姐此举让贾母觉得自己是施恩者，当贾母的价值得到体现，就会对凤姐更加优待。有了贾母的关照，凤姐的日常处事便能更加放开手脚。所以说，贾琏要杀凤姐的时候，凤姐往贾母那里跑，这个行为非常好，也证明凤姐有心计，既让贾母的价值得到体现，又能让贾母对自己更加信任与依赖，这才是真正的双赢。

这种智慧其实也体现在其他民族与国家的一些谚语或经典之中。美国有一句俗语，叫作"索取是最好的给予"。而诞生在古代印度的佛教，更是将这一独特的、充满智慧的思维方式发挥到了极致。印度的僧侣都是以乞食过活的，而这样做的一个重要原因就是要呼唤起那些施与者的布施心、慈悲心。他们索取的是一钵饭，但给予对方的则是一个反思与觉悟的契机。

在一般的情况下，我们的文化在给予与索取之间，往往对于给予有着更高的褒扬。这其实暗暗隐藏了一种意思，就是给予者是尊贵的而接受者是卑贱的。在这种文化背景的影响下，那些有着更高自尊的人，往往更愿意付出而不愿意接受，他们在付出时感受到的快乐要远远高于他们在接受的时候。总体来说，自强不息、自力更生的精神是值得赞美的。但是在有些时候，我们也要知道，一味地以给予者的面目出现，并不是为人处世的最好方法。在很多时候，我们放低身段，求助于人，本身就是将尊重与信赖给予对方。

第六章

八戒：认识你自己

在《西游记》中，戏份最多的人物，除了悟空，就是八戒。

猪八戒是一出场就会引起大家欢笑的滑稽角色。不过，大家在被这个角色逗得前仰后合的时候，却很少有人认真追问一下八戒身上的滑稽感来自何方。一般人常常认为，八戒的滑稽来源于他猪头猪脑的长相，这其实是不准确的。猪圈里那么多猪，我们去参观猪圈时也没有觉得有什么可笑的。八戒之所以显得很可笑，其实更多的是来自一种"错位"感——别人眼中的他与他心目中的自己之间的错位——用更专业的话来说，就是自我认知的偏差；用更尖刻而一针见血的话来说，就是他没有自知之明，自我感觉过于良好。这种偏差其实在你我这样的普通人身上都普遍存在，不过是程度深浅之别而已。猪八戒犹如一面镜子,把这种偏差极其生动而具体地展现在我们面前，对照这面镜子，就能够帮助我们更好地认识自己。

人是各种社会关系的总和，而在这些关系之中，最为重要而直接的，大概就是婚姻和职场这两大关系了。处理好各种社会关系的基础是对于自身情况的清醒认识。可惜的是，猪八戒对于自己在这两大关系中的定位都存在着严重的失误，因而也就犯下了种种可笑可恨的错误。

我们先说婚姻关系。

八戒有两段婚姻生活。第一个妻子叫卯二姐，从名字和八戒提到的关于她的蛛丝马迹来看，应该是个兔子精。不过，和卯二姐那段婚姻生活，基本上不怎么被八戒提起。在猪八戒的一生中，最让他念念不忘的，就是在高老庄和高翠兰的那一段婚姻生活。

在猪八戒的心中，高翠兰对自己是有感情的。悟空来到高老庄，变作高翠兰的样子，坐在房里等候猪八戒。不多一会，八戒驾着一阵狂风来到。悟空推病坐在床上，八戒上来一把搂住就要亲嘴。悟空是个男的，怎么可能让八戒亲到，当时就使了个拿法，托着八戒的嘴，漫头一摔，把八戒掼下床来。八戒爬起来，扶着床边道："姐姐，你怎么今日有些怪我，想是我来得迟了？"此时的八戒并不知道眼前的高翠兰是悟空所变化，他对悟空说的话正是他要对高翠兰说的话。从这番对话中我们可以看出，在八戒的心里，高翠兰独自在家，那是盼星星盼月亮地等着自己回来呢，以至于自己稍微回来晚一点，高翠兰都会生气。

在猪八戒的心中，自己是个合格的丈夫。当悟空说"造化低了"的时候，八戒说："你恼怎的？造化怎么得低的？我到得了你家，虽是吃了些茶饭，却也不曾白吃你的：我也曾替你家扫地通沟，搬砖运瓦，筑土打墙，耕田耙地，种田插秧，创家立业。如今你身上穿的锦，戴的金，四时有花果享用，八节有蔬菜烹煎，你还有那些儿不称心处？这般长吁短叹，说甚么造化低了？"从这连珠炮一般的话语中，我们可以看出八戒满满的自豪感。说到自己的丑，八戒是知道的，但在八戒看来，这根本就不应该是问题。这一点，在后来"四圣试禅心"与黎山老母假扮的贾莫氏的对话中说的"娘，你上复令爱，不要这等拣汉。想我那唐僧，人才虽俊，却不中用。我丑自丑，却有几句口号儿：虽然人物丑，勤紧有些功。若言千顷地，不用使牛耕。只消一顿耙，布种及时生。没雨能求雨，无风会唤风。房屋若嫌矮，起上二三层。家长里短诸般事，踢天弄井我皆能"；以及女儿国面对驿丞"你虽是个男身，但只形容丑陋，不中我王之意"的话进行回答所说的"粗柳簸箕细柳斗，世上谁见男儿丑",都可以看出,在八戒的心中,男人的丑并不是什么弥补不了的硬伤。若八戒生在现代,一定还会加上马云的两段话:"男人的智商和相貌成反比",以及"男人长得丑是可以习惯的,习惯之后就会觉得越来越好看;长得好也会习惯的,习惯之后就会觉得越来越一般"。

正因为对高翠兰感情的确信、对自己能力的肯定以及出于"勤能补丑"的男性容貌观,八戒对自己高老庄这一段婚姻生活的自我感觉是非常良好的。这段生活应该说是猪八戒心灵中最温暖、最柔软的一个角落,以至于在临到取经之时,他依然恋恋不舍,在高太公为猪八戒送行的酒席上,还摇摇摆摆,对高老唱个喏,说了一段饱含深情的话:"上复丈母、姨娘和诸亲眷,我今日去做和尚了,不及面辞,休怪。丈人啊,你还好生看待我浑家,只怕我们取不成经时,好来还俗,照旧与你做女婿过活。"而在西游路上,每当遇到了什么不顺心之处,他也都会情不自禁地想起高老庄,声称要回去接着过倒插门女婿的幸福生活。

但实际情况如何呢?用现在经常说的话就是"打脸,啪啪地"。

猪八戒认为高翠兰对他还是有感情的,但一个细节就说明了高翠兰实际的态度。悟空和高太公来到后宅,高翠兰走出的时候,是"云鬓蓬松,花容憔悴"。她见到高太公的表现,是"走来扯住高老,抱头大哭"。当悟空和高太公说出要降服八戒的时候,高翠兰的态度是极其配合,没有提出半点反对。这些表现都足以说明高翠兰和八戒的日子过得并不幸福,她对八戒根本说不上有什么感情。

在高太公的眼中,猪八戒就是个令人讨厌的怪物和骗子:"初来时,是一条黑胖汉,后来就变做一个长嘴大耳朵的呆子,脑后又有一溜鬃毛,身体粗糙怕人,头脸就像个猪的模样。食肠却又甚大……喜得还吃斋素,若再吃荤酒,老拙这些家业田产之类,不止半年,就吃个罄净。……吃还是小事。他如今又会弄风,云来雾去,走石飞砂,唬得我一家并左邻右舍俱不得安生。又把那翠兰小女关在后宅子里，一发半年也不曾见面，更不知死活如何。"当悟空说："老儿你请放心，今夜管情与你拿住，教他写了退亲文书，还你女儿如何？"高太公的回答竟然是："但得拿住他，就烦与我除了根吧。"这是欲置八戒于死地而后快了。

所以，八戒所认为的高翠兰对自己的感情、自己的能干足以遮盖自己的丑陋、自己致富兴家应该得到高太公一家的接受乃至感激，通通是自己的一厢情愿。为什么每当八戒一说起"回高老庄"我们就觉得特别搞笑？就因为这里面的感情是错位的，八戒越是认真，我们就越觉得搞笑。一句话，八戒严重高估了自己在高老庄的价值。

但八戒的错误仅仅属于八戒吗？绝对不是。实际上，高估自己乃是人性中普遍存在的弱点。无论对于自己的容貌、品行、才能，人们在自我评价时，都存在着严重的高估。这也就是为什么希腊德尔菲神庙上的那句神谕"认识你自己"总是能够引起一代又一代哲人深思的原因。"认识你自己"这句话所包含的哲思是非常深刻的，但其中最直接、最广为人知的意思，则无疑就是那句中国老话所说的"人贵有自知之明"。

人容易高估自己，基本上是智者的共识。关于这一点，古今中外的许多哲人都有很好的阐述。中国的，比如吕不韦的《吕氏春秋·自知》中就有这样的话："夫人固不能自知，人主犹其。存亡安危，勿求于外，务在自知。"西方对这个问题讨论得更多。比如有人问泰勒斯（古希腊哲学家、思想家、科学家）什么是最困难之事，回答是："认识你自己。"接着的问题：什么是最容易之事？回答是："给别人提建议。"这显然是在讽刺世人，世上有自知之明者寥寥无几，好为人师者比比皆是。

这个智者的共识也被现代的心理学所证明。一个比较经典的心理学实验是这样的：它要求大家回答三个问题——"你开车的技术是不是比一般人好一点？""你的工作能力是不是比一般人好一点？""你的吸引力是否比一般人好一点？”这个心理测试在很多地方测试过，百分之七十的测试者在三个测试题后面的答案都是“yes”，百分之八十的人在两个测试题后的答案是“yes”，百分之九十的人在其中的一个测试题后面的答案是“yes”。类似情况，还有大学里百分之八十的学生认为自己的学习能力比一般的同学好。2014年还有一项美国针对犯人的研究甚至表明，即使是监狱中的犯人，也认为自己除了违反了法律之外，他们的道德还是比一般人要优越。这些都非常直观地说明了一点：绝大多数人的感觉世界和真实世界之间是有一道鸿沟的，区别只在于这条鸿沟的宽窄和深浅。当这条鸿沟足够深、足够宽的时候，一个人在别人的心目中往往就成为一个可笑又可悲的角色。

八戒就是那种自我感觉良好、没有意识到自我感觉世界与真实世界之间那道巨大鸿沟的人，所以在处理人际关系时，就常常会表现出种种可笑之处。

再说职场关系。

猪八戒刚刚加入取经队伍的时候，对于悟空这个大师兄，态度是不太友好的。最典型的例证就是在“三打白骨精”中所扮演的不太光彩的角色。当时悟空被唐僧派出去化斋，白骨精于是化作一个妙龄女子，提着两罐食品，假说斋僧，靠近唐僧，准备趁便下手。遮眼法果然骗过了唐僧、八戒。就在白骨精已经成功靠近唐僧、准备下手的瞬间，悟空出现，掣出铁棒劈头就是一棒，将妖精变成的女子一棒打倒在地上。唐僧大惊，说悟空滥杀无辜，悟空说女子是妖怪，并让唐僧看看那女子提的两罐斋僧的食物都是些什么东西。唐僧一看，罐子里都是些蛤蟆、蛆虫之类，就有些相信了悟空的话。就在此时，八戒气不忿，在旁边插嘴道：“这个女子是此间农妇，却怎么栽他是妖怪。哥哥把他打杀了，怕你念甚么紧箍咒，故意的使个障眼法，变做这样东西，演幌你眼哩！”八戒的一番话使得唐僧立刻改变了主意，当时就念动紧箍咒，并要将悟空赶出取经队伍。悟空低声下气，百般哀求，这才勉强让唐僧改变了主意。这是“一打白骨精”。

那妖精并未被打死，舍不得眼前的唐僧肉，又一次卷土重来。这次是变做一个八十岁的老太太，哭着上山来找女儿。八戒一看，对唐僧说："师父，不好了！师兄打杀的定是他女儿，这个是他娘寻将来了。"悟空上前，认出还是那妖怪，更不理论，抬手又是一棍，将其打倒在地。唐僧又一次大惊失色，又一次念动紧箍咒，也又一次要将悟空赶出取经队伍。悟空又是一番苦苦哀求，唐僧又一次原谅了孙悟空。这是"二打白骨精"。

这妖精还是没死。她还是不想放弃。这一次，她变成了一个老头，手捻佛珠走上山来。八戒说这肯定是那老太太的丈夫又找来了。悟空这次吃了前两番的亏，留了个心眼，叫来此处的土地山神，把住这妖怪，不许她变化逃走，这才手起棍落，彻底将白骨精击毙。击毙白骨精后，又指点师傅看那白骨精背后"白骨夫人"的字样，说明自己打死的确系妖怪。唐僧已经相信，又是八戒在旁挑唆，说："师父，他手重棍凶，把人打死，只怕你念那话儿，故意变化这般模样，掩你的眼目哩！"八戒这一说，就使得唐僧的念头完全转了过来，在念了几十遍紧箍咒之后，将孙悟空逐出了取经队伍。

在这次事件中，八戒对悟空的恶意是很明显的。特别是后两次，当唐僧已经说出要将悟空逐出取经队伍的话之后，八戒不是不知道再在师父面前说悟空坏话的后果是什么，但八戒还是说了。这就只能说明一点：他是铁了心地要抓住机会，将悟空赶出取经队伍。

为什么八戒会如此？这当然首先和八戒对悟空的不满有直接的关系。八戒与悟空的梁子结下得很早。在高老庄，当悟空和八戒初次见面时，八戒就对悟空说："你这诳上的弼马温，当年撞那祸时，不知带累我等多少……"而后来加入取经队伍之后，由于悟空的骄傲自负，整天"呆子"长、"呆子"短的，加上生性促狭，有事没事就捉弄自己一下，特别是四圣试禅心的时候，悟空明明已经看出贾莫氏和三个女儿真真、爱爱、怜怜是菩萨所化，却不提醒自己，眼睁睁地看着自己出笑话，所以对悟空就更是不满。

　　然而更重要的原因，还是八戒和悟空之间存在着竞争关系。西天取经最后是要论功封赏的，谁的功劳大，谁的功果就高。在广大读者看来，八戒那两把刷子怎能跟悟空相比，但人最难有的就是自知之明，在取经的初期，八戒的心里也未尝没有赶走了孙悟空，我就是大师兄的想法，直接的证据就是悟空走后的那一段时间，八戒那一副意气风发的样子。

　　但结果如何呢？很快，现实就无情地击碎了八戒的"大师兄梦"。

　　自从悟空离开，八戒就担当起了大师兄的角色。行李挑子移交给了沙僧，自己拿着耙子，精神抖擞地在前面开路。

　　作为大师兄，一件基本的工作就是化缘。平常八戒都是衣来伸手、饭来张口，从来没觉得化缘是个问题。但真的轮到自己了，才知道"不当家不知柴米贵"的滋味，才体会到了大师兄风光背后的种种责任与艰难。

　　这天，走到一处茂密的松林之中，唐僧说我饿了，八戒你给我弄点吃的去吧。八戒说师父请下马，你在这里坐着，等我老猪化斋。唐僧一边把钵盂递给八戒，一边问这荒山野岭的，你到哪里去化。八戒说师父你不必管，老猪这一去，定然是钻冰取火寻斋至，压雪求油化饭来。话说得好听极了，但真要做时，却没那么容易。八戒拿着钵盂，走了足有十几里，不曾遇到一个人家。八戒走得辛苦，心内沉吟道，真是不当家不知柴米贵，不养儿不晓父母恩啊。当年有悟空，老和尚要什么有什么，如今轮到自己，才知道其中的艰难。这荒郊野外的，真是没处化。走得又累又困，想回去，又怕回去早了被唐僧说偷懒，于是打定主意，再躲在外边晃个把时辰再说，也显得勤谨。本意是打个盹儿就回去的，但走累了的人，不知不觉就一觉睡过去了。结果沙僧来寻八戒的时候，唐僧误入了黄袍怪的洞府，最后是得到了百花羞公主的帮助才得以脱身。

　　至于降妖除怪，更是八戒的噩梦。悟空走后，八戒遇到的第一个妖怪是黄袍怪。当宝象国国王听说八戒会降妖，就立刻发出了邀请。接到邀请，猪八戒的内心充满了兴奋与激动。他一直为自己这几年生活在大师兄的阴影下而感到苦恼。如今有了这样一个露脸的机会，自然是满口答应。面对宝象国国王对他是否能降妖除怪的质疑，八戒卖弄了一番自己的神通，看着宝象国君臣那目瞪口呆的神情，猪八戒的内心充满了骄傲。但真到和妖怪动手的时候，八戒知道自己的本领比人家真是差了十万八千里，饶是有沙僧相助，还是很快就感到体力不支。看看难以取胜，八戒不敢再打下去，说沙僧你先和他打着，我去出个恭就来，说完丢下沙僧，一头钻进草堆，再也不敢出来了。沙僧措手不及，被黄袍怪一把抓住，捉进洞中。最后，要不是悟空在八戒的苦苦央求下重新回到取经队伍，西行求法的大业恐怕在这一回就要宣告终结了。

在我们看来，猪八戒和孙悟空的差距是巨大的，完全不可同日而语。但八戒为什么竟然会冒出要取代孙悟空的念头呢？

普遍的解释就是我们上面说到的人容易高估自己。但还有一个专门解释职场中这一现象的理论，这就是联想创始人柳传志所说的"大鸡小鸡理论"：有一只大鸡，还有一只小鸡，你猜那只小鸡会怎样评价自己？它会觉得自己比那只大鸡小吗？不会的，它会认为自己和大鸡差不多大。当大鸡大到和鹅那么大的时候，小鸡才会认为它比自己大那么一点点；而只有当大鸡大到鸵鸟那么大时，小鸡才会真正服气。

比"大鸡小鸡理论"更准确的说法，叫作"邓宁—克鲁格效应"，或者叫"达克效应"。之所以叫"邓宁—克鲁格效应"，是因为这个效应的发现者一个叫邓宁，另一个叫克鲁格。这个效应用最简单的话语来表述，就是自我评价的能力经常是与实际能力成正比的，那些实际能力差的人，他们的自我评估能力也差；实际能力强的人，他们的自我评价能力也就越强。因为这个效应，于是就发生了我们在职场中经常看到的现象：越是不行的人，就越是觉得自己什么都行；反而是那些很行的人，觉得自己还不够行。

为什么会发生这个看起来有些荒谬的情形呢？

最简单易懂的解释，是因为那些能力低的人是没有办法合理判断自己的能力水平的。一方面，我们每个人在自我评价时，首先调出来的信息都是自我的信息，然后以自我的信息作为基准来判断他人，这就很容易形成自己能力很强的错觉。另一方面，每个人在自己相对比较低的领域，对别人真正的能力是缺乏认知的。换句话说，就是能力低的人根本看不懂别人的能力高在何处。这两项一综合，就产生了看似荒谬而实则极为普遍的"达克效应"。

在分析了八戒因为自我认知的偏差而造成的种种可笑、可恨的原因之后，我们再回到八戒的具体处境和命运中来。如果八戒一直沿着这条错误的认知道路前行，那么八戒可就真的是一个笑话了。值得庆幸的是，八戒还是非常幸运的。他对于婚姻的错误认知虽然不大会改变了，但好在被孙悟空强行带离了高老庄，高老庄作为一个渐行渐远的梦境，其真实与否就不那么重要了。对职场的错误认识，再具体地说就是自己和悟空本领差距的认知，则是通过随后不久的黄袍怪事件来完成的。八戒原本自我感觉良好的法力，在黄袍怪面前居然不堪一击。在残酷的现实面前，猪八戒终于认清了这个现实：凭着自己的本领是根本担不起"大师兄"这副重担的。正因为如此，他才在白龙马面前承认了自己撺掇师父赶走悟空的错误，并且，尽管是硬着头皮，他还是走上了到花果山请回孙悟空的道路。在花果山的所见所闻，也给了八戒很大的触动。他看到的是什么？是悟空高坐在山崖上，面前一千多只猴子恭恭敬敬地高喊"大圣爷爷"。人家孙悟空吃早饭都不叫吃早饭，叫"用早膳"。此时八戒的心情，用他自己的话说就是，有这么大的家业，又有这么多小猴伺候着，换上我就不去取经了。也就是说，人家孙悟空跟着唐僧去西天取经，是做出了很大的放弃与牺牲的，在这种情形下自己还在背后说人家的坏话，实在是不应该啊。特别是和自己离开花果山去往宝象国的路上，悟空怕自己身上的妖精气让唐僧不快，在百忙之中还要下海去洗洗身子，更让八戒看出了悟空对唐僧的一片真心。总之，经过这件事情，八戒基本上就认清了形势、认清了自己，此后就再也没有取悟空而代之的想法。当然，在以后去往灵山的路上，八戒偶尔也还会撺掇唐僧念念紧箍咒，但基本上都是抱着恶作剧的心态，因为悟空有时也确实是太讨厌了，骄傲自大，还动不动就拿自己寻开心、找乐子，捉弄他；另外，就算念了紧箍咒，孙悟空也就是疼一下，这猴子生命力很强，反正也死不了。

从八戒的故事中，我们能够得到哪些启发呢？主要是三点。一是要记住德尔菲神庙上的那句箴言"认识你自己"以及"邓宁—克鲁格效应"，正确认识自己，这是你处理好一切关系的基础；二是生活中的碰壁未必不是好事，因为这常常是修正我们对于自己错误认知的契机；三是向八戒学习，一旦明白自己的认知错误，就能勇于承认错误并及时修正。这也是八戒即便有点可恨、有点可笑，但还是能被我们原谅并深深喜爱的原因。

这一章，我要用苏格拉底的一则故事来结尾：苏格拉底有一个叫凯勒丰的年轻朋友，跑到德尔菲神庙，问了一个问题："在雅典，有没有比苏格拉底更有智慧的人？"他得到的答案是："没有。"凯勒丰把答案告诉苏格拉底，苏格拉底对这个答案表示怀疑，但因为这个答案是神明做出的，苏格拉底觉得神明的答案一定有他的道理，于是就动身拜访了当时被认为很聪明的三种人：领导城邦的政客、粉丝众多的作家、技艺高明的工匠。拜访的结果，是发现他们除了自己那一点有限的专业知识外，基本上什么都不知道；并且最荒谬的是，他们还认为自己什么都知道。苏格拉底最后的结论是：我真的还是比他们要好一点，因为我好在还知道自己不知道；他们呢，是连自己不知道都不知道。

第七章

八戒：人性的镜子

在上一章中，我们说的是八戒在自我认知方面出现的偏差，以及由此而引起的诸多可笑之处。比这一点更为深刻的，是猪八戒身上所体现出来的复杂的人性，以及数百年来人们面对猪八戒这一形象时的态度。解析这一形象，可以让我们对作为同类的他人多一份同情、理解以及宽恕；也可以促使我们对自我进行深刻的反思；更可以以之作为一面特殊的镜子，克服那些人性的弱点，成就一个更为完美的自己。

客观地说，猪八戒是一个浑身都是缺点的形象。而在《西游记》中，被最突出描写的缺点主要有三个：一是好色，二是意志不坚定，三是懒惰。

先说猪八戒的好色。

"好色"是猪八戒与生俱来的毛病。猪八戒原来是天蓬元帅，也曾经掌管天河，风光无限，为什么会降落凡尘，落得一副猪头猪脑的样子？就是因为好色。当年天庭召开蟠桃大会，猪八戒醉酒戏弄嫦娥，被玉帝打了二千锤，贬下凡尘。一灵真性，径来夺舍投胎，不期错了道路，投在个母猪胎里，变成了一副猪的模样。

按说，因为好色而吃了这么大的亏，就应该深刻反省、痛改前非才是。但这一世的猪八戒在好色方面仍然是一如从前。还在当妖怪的时候，猪八戒就在福陵山云栈洞被一个叫作卵二姐的女妖招了亲，做了个倒插门的女婿。

关于这个卯二姐，书中没有更多的介绍，但从其姓名来看，应该是个兔子精，因为按照中国古代十二地支分别对应的动物来看，"卯"对应的动物正是兔子。

再后来，卯二姐死了。卯二姐死后若干年，猪八戒遇到了前往东土大唐寻找取经人的观世音菩萨，被菩萨说服，决定将功补过，保护取经人，寻个前程。菩萨与他摩顶受戒，指身为姓，就姓了猪，取个法名叫做猪悟能。既然是"摩顶受戒"，又有了法名，那就是说，猪八戒已经是个和尚了。可是当了和尚的猪八戒竟然就在等候取经人到来的这短短的三两年中，硬是又做了一回上门女婿，娶了高太公之女高翠兰为妻。出家而娶妻，猪八戒这个和尚做得也真是可以。

而把猪八戒的色欲表现得最强烈、也是让猪八戒出丑最大的那次，自然就是"四圣试禅心"的经典一幕了。那次，黎山老母、观音菩萨、文殊菩萨、普贤菩萨幻化作寡妇贾莫氏及其三个女儿真真、爱爱、怜怜，对取经队伍进行了一次考验。面对这母女四人的诱惑，唐僧、悟空、沙僧不为所动，完美通过了考验。唯一没通过考验的就是猪八戒。黎山老母幻化的贾莫氏假说自己有三个女儿，招赘八戒一人，实在是不好分配。八戒当即表示，自己完全有能力将真真、爱爱、怜怜三个女孩子都伺候好。贾莫氏断然否定了八戒的痴心妄想，提出了"撞天婚"的解决方案，具体办法就是让八戒蒙上红盖头，三个女孩轮番从八戒面前走过，八戒抓住哪个就是哪个。八戒当然哪个都没有抓住。谁都没抓住的八戒有些抓狂，情急之下居然口不择言，说出了"娘，不如你招赘了我吧"的惊世骇俗、石破天惊之语。

"四圣试禅心"的最后结果，是猪八戒被几个菩萨吊在树上，度过了异常痛苦的一夜。吃了这次大亏的猪八戒算是部分地接受了教训，贼胆是没有了，但贼心依然还在，西行路上每次遇到美丽的女孩子，还是情不自禁地露出一副垂涎三尺的没出息的样子，假如条件合适，也会在不破色戒的底线之上，尽可能地打一下擦边球，比如在盘丝洞戏弄七个蜘蛛精，比如当月宫里的太阴夫人带着嫦娥降临天竺国时，八戒上前对嫦娥的那一番骚扰。

猪八戒第二个大毛病是意志不坚定。在西行路上，只要遇到稍微大一点的困难，第一个提出散伙的一定是八戒。

比如在平顶山，因为他们即将面对的妖魔是本领高强，且又拥有玉净瓶、紫金葫芦、芭蕉扇、幌金绳、七星宝剑的金角大王和银角大王，所以太白金星就化作一个樵夫，向悟空描述妖魔的厉害，预先对取经团队进行了一番预警工作。悟空听了，拽步上前，了解到了进一步的信息。在内心深处，悟空并没有把金角大王和银角大王当作一回事，但为了引起唐僧的重视，特别是要从唐僧那里得到对于八戒、沙僧的调拨权，所以故意把眼睛揉出一些泪水来，径直朝着唐僧三人走去。八戒看见，连忙招呼沙僧卸下担子说："我们分了行李散伙吧！"唐僧听见道："这个夯货，正走路怎么又乱说了？"八戒回答："你儿子便乱说！你不见行者那里哭将来了？他是个钻天入地的好汉，如今戴了个愁帽，泪汪汪的哭来，必是那妖怪凶狠。似我们这样软弱的人儿，怎么去得？"

这是在遇到厉害的妖怪之前。至于真的面对凶狠的妖怪、取经事业面临重大考验的当口，八戒就更是夙得厉害。比如在波月洞碗子山，八戒临阵脱逃，沙僧被黄袍怪捉住，唐僧被黄袍怪变作一只猛虎囚禁在宝象国中，白龙马与黄袍怪交手，也被打伤后腿。八戒半夜跑回宝象国，小白龙口吐人言，向八戒说知以往经过，八戒闻言道："真个有这样事？怎的好，怎的好！你可挣得动么？"小龙道："我挣得动便怎的？"八戒道："你挣得动，便挣下海去罢。把行李等老猪挑去高老庄上，回炉做女婿去呀。"

猪八戒的第三个大毛病是懒惰。把八戒的懒惰表现得最为有趣的，要数平顶山巡山的那一幕。当时八戒领了悟空委派他巡山的任务，满肚都是怨恨。走了四五里，看到路上有一块桌面大的青石头，放下钉耙，对着石头唱个喏。

原来那呆子把石头当作唐僧、悟空、沙僧，朝着它演习哩。他道："我这回去，见了师父，若问有妖怪，就说有妖怪。他问什么山，我若说是泥捏的，锡打的，面蒸的，纸糊的，他们见说我呆哩，若讲这话，一发说呆了。我只说是石头山。他问甚么洞，也只说是石头洞。他问什么门，却说是钉钉的铁叶门。他问里边有多远，只说入门有三层。十分再问门上钉子有多少，只说老猪心忙记不真。已编造停当了，哄那弼马温去！"八戒自以为得计，他不知道的是，悟空其实就变作一个鹡鸰虫，一路尾随其后，所以他这一番谎话，自然是瞒不过悟空。当八戒带着编好的谎言回来的时候，当即就被悟空揭破，落得狼狈异常。

除了这几个大毛病，八戒还有一些小毛病，比如贪吃、嫉妒、撒谎等等。不过，一个很有意思的情况是，尽管猪八戒的身上有着那么多缺点，但数百年来的受众却几乎没有什么人痛恨和讨厌猪八戒。恰恰相反，猪八戒一直承担着开心果的功能，有猪八戒在的地方，往往就会伴随着人们的欢笑，猪八戒所有的缺点都在人们开心的欢笑中被忽略了。

为什么这样一个三心二意、浑身是缺点的形象，却能得到古往今来那么多读者的欢迎乃至喜爱呢？

原因有三个。

首先，八戒其实是个可怜人。而对于弱者，我们天然地就会抱有一份同情。

不要看猪八戒顶着"天蓬元帅"的光环，他的人间原型其实就是个旧时代的农民。

一切文学作品都是有其生活原型的，《西游记》中的猪八戒当然也不例外。《西游记》是一部文学名著，而其最大的成就就是塑造了孙悟空、猪八戒两个令人难忘的艺术形象。这两个形象都是按照"三结合"的方式塑造出来的，这就是他们既有动物的特征，又有神仙的本领，还有人类的属性。以猪八戒而论，他有猪的外形，有天蓬元帅的本领，但最重要的地方，还在于他带有旧时代农民的普遍特征。八戒身上有着太多来自农村的烙印。比如他的外形是农家几乎家家饲养的肥猪，他的武器是九齿钉耙，他的皮肤黝黑。而他的性格，正像张锦池先生所说的："既狡黠而又憨厚，既懒惰而又勤谨，既好色而又情真，既畏难又坚定，既自私贪小而又不忘大义。其狡黠是农民的小黠而大憨，其贪吃贪睡是累极了的长工放下担子后的口壮身慵，其好色是旷夫的寡人之疾，其畏难是太过务实的求止，其自私贪小是小生产者的惜财活口心理，其人生目标是勤谨一生而忍饥挨饿的山野村夫的人生目标。"一言以蔽之，猪八戒处处透露出来自旧时代农村的气质特征。

并且，他比一般的农民还惨一点：他是个倒插门的女婿，而且是个受到不公正待遇的倒插门女婿。

在旧时代，倒插门女婿的地位是很低的。身为男子，婚礼要按照女性的礼节，被女方"娶"进门，生下的孩子要随妻家的姓，这在男权社会中是一件极其不光彩的事情，所以在旧社会，倒插门女婿是一个普遍被人看不起的弱势群体。八戒身为倒插门女婿，这一身份就够让人同情的了。

比这更让人同情的是他受到的待遇。平心而论，八戒在高老庄的表现还是不错的。很多人一想到猪八戒，一个笨拙的形象就浮现在脑海之中。但我要说的是，用笨拙来形容西游路上的猪八戒则可，用它来形容在高老庄时期的猪八戒则绝对错误。在高老庄时期的猪八戒，其实是非常能干的。对于这一点，《西游记》有很好的交代。

针对如何处置八戒，悟空与高太公之间有几句简单的对话，高太公要请人除掉八戒，悟空道："这个何难？老儿你请放心，今夜管情与你拿住，教他离了你们如何？"高老道："但得拿住他，就求与我除了根罢。"——这是对八戒下死手的意思了。这对话乍一听很容易被放过，但细细想来，人的忘恩负义与转面忘恩，真真是令人"细思恐极"。但对这一切，八戒似乎全然无感。在后来的西游路上，八戒每遇到难处，就会嚷着要回高老庄做女婿，可见在八戒心中，高老庄乃是一个令他魂牵梦绕的地方，是他心灵中一块最柔软的角落。八戒的一往情深与高太公的冷面冷心相对比，真让我们对八戒不由得不生出一腔同情与怜悯。

其次，猪八戒并非只有缺点，他的优点其实也很突出。论武艺，他虽然打不过孙悟空，但他也确实有一些悟空所不具有的本领。比如在稀柿衕，当悟空和八戒降服蟒蛇精，唐僧师徒和欢送的村民来到那条长达八百里、多年来被掉落霉烂的柿子填满、味道比淘厕所还要浓烈、顶风能臭出几十里、名叫稀柿衕的山路时，众人都一筹莫展。唐僧问悟空："似此怎生过得？"悟空本领高强，面对熏天的臭气，也只能掩住鼻子。当地山民表示要再开出一条好路，供唐僧师徒行走，可是开凿这样一条山路，至少要几年，明显不现实。怎么办？这就轮到八戒大显身手了。他变作一头巨猪，一路拱将过去，只用了两三天，就将一条大路拱出来。

另外，在几个师兄弟中，八戒还有一个特别的优长，那就是他的生活经验最为丰富。比如唐僧师徒来到通天河边的时候，唐僧问起河水的深浅。别人一筹莫展，八戒则说只要找一块卵石丢到水里，假如溅起水泡，就是水浅；假如咕嘟嘟沉下去，就是水深。再比如通过结冰的河面时，白龙马蹄下打滑，八戒就讨了些稻草包在白龙马的蹄子上；包好马蹄，还让唐僧把禅杖横着担在马上。悟空以为八戒在偷懒，把原本应该自己挑的锡杖让师傅拿着，八戒这才解释说，冰上行走，最怕的就是落到冰窟窿里，而有了这个横担之物，就可以架在冰上，免去落入冰下之苦。

靠着丰富的生活经验，八戒甚至救过悟空一条性命。那是在路过火云洞时，牛魔王的儿子红孩儿喷出烟火，将悟空烧得燥热难当。悟空一头扎进涧水中灭火，谁料被冷水一逼，弄得火气攻心，三魂出舍。用《西游记》的原话来说，叫作："可怜气塞胸膛喉舌冷，魂飞魄散丧残生。"一具尸体顺着水流漂了下来。沙僧见了，跳下水去，将孙悟空抱上岸来，只见他四肢蜷缩，浑身冰冷。沙和尚满眼垂泪，八戒却不慌不忙，笑着说："兄弟莫哭。你扯着脚，等我摆布他。"沙僧依言把悟空拽直身，推上脚来，盘膝坐定。八戒将两只手搓热，捂住行者七窍，使一个按摩禅法，一番按摩揉擦，须臾间气透三关，转明堂冲开孔窍，活了过来。从这些例子，我们都不难看出八戒是个解决生活问题的能手。西行路上降妖除魔的主力当然是悟空，但离开八戒的帮助，我们很难想象取经大业会取得圆满的成功。

再比如他的淡泊名利。八戒没有野心，对功名利禄和荣华富贵其实没有太多的诉求，一个最简单的例证是，他当过天蓬元帅，那是天界的高官了，但他在西行之路上，对这段日子并不怎么怀念，最让他魂牵梦绕、念念不忘的一直是在高老庄和高翠兰一起度过的那二亩地、一头牛、老婆孩子热炕头的自食其力的幸福日子。这让我们这些普通人在阅读时感到温暖而亲切。

第三个原因，则是猪八戒毛病虽多，但这些毛病比如好色、贪吃，都是从正常人性的欲望所生长出来的缺点，并且这些缺点也都没有发展到令人不可谅解的邪恶的程度。

我们可以根据对欲望的态度把人划分为三种不同的类型。面对欲望，能够很好地进行克制，乃至做到完全地不起心动念，那是圣贤；面对欲望，不加遏制乃至不择手段地寻求满足，那是禽兽；面对欲望，既不能克制，又无法满足，那是普通人。所以说到底，八戒的缺点就是普通人的缺点；八戒的可笑其实也正是我们普通人的可笑，因为普通人在绝大多数的时候之所以看起来可笑，就是来自那种面对诱惑既无法满足又无法克制而带来的种种矛盾尴尬与首鼠两端。更何况，在很多时候，猪八戒那强烈欲望的背后，其实是基本欲求都不能得到满足的可怜。比如他垂涎的不是什么山珍海味，而是能勉强填饱肚子的包子面条；他情欲的满足对象也不是什么国色天香，而是卯二姐那样的妖怪、高太公那嫁不出去的山村剩女，乃至广有田庄的半老徐娘。

所以，八戒不过是我们自身稍作夸张的漫画罢了。面对八戒，我们只能有限度地嘲笑，笑过之后，则是同情、理解，以及最后的原谅：面对自己的漫画，试问谁能真正恨得起来。这其实也正是《西游记》作者对于我们这样普通众生的态度：不是求全责备，而是抱有一种强有力的慈悲与同情。

但是，假如《西游记》只给我们提供这样一个浑身缺点、可笑可怜的猪八戒的形象，并引导我们对八戒、其实也是像自己这样的普通人以宽容和谅解，那么《西游记》也就不是《西游记》了。一个真正成功的人物形象还必须能够给我们以启示，对于我们灵魂的生长起到引领的作用，而这一点，八戒这个艺术形象同样做到了。而做到的方式，就是凭借这个形象极强的代入感。

什么叫"代入感"？简单来说，就是让你在欣赏文学作品的时候，能够化身为作品中的某个人物，身临其境地以这个人物的视角与情感去体验作者所描述的世界。

其实，这也是艺术能够打动人心的最根本的秘密所在。西方的艺术，从柏拉图以来，贯穿数千年的基本理论就是"模仿说"，即认为艺术是对现实世界的模仿。而为什么作为现实世界模仿的艺术能够对我们产生如此强烈的吸引力呢？关键即在于人类有着一种"内模仿"的本能：人们看到什么事情，往往会情不自禁地在内心里将其模仿一遍。这也就是为什么我们在看恐怖片的时候，明明自己的处境是绝对安全的，却会大汗淋漓、恐惧至极；在看动作片时，明明自己只是一个观众，却也会情绪紧张、肌肉紧绷。一个艺术作品具有很强的代入感、能呼唤起人们内模仿的本能，是其取得成功的很重要的因素之一。

在《西游记》的几个主要艺术形象之中，对于有着七情六欲的普通人而言，代入感最强的恐怕就是猪八戒了。孙悟空很厉害，但我们多数人不具有悟空那样一颗勇敢无畏的心；唐僧很坚定，但我们多数人没有那么虔诚的信仰，他的精神世界甩我们太远；沙僧很老实，但他沉默寡言，我们多数人弄不清他心里到底是怎么想的。唯有八戒，和我们一样活在当下，用自己的感官感受着这个世界的诱惑，并时常情不自禁地想入非非。

当我们被八戒带入，和他一起走上西行之路，我们也就会和八戒一起，开始自我反省以及自我提升之路。

说是自我反省之路，是因为在八戒身上我们可以照见自己太多的缺点。从艺术类型上来划分，猪八戒是个喜剧人物。所谓喜剧，就是把无价值的东西撕破给人看。正如我们在本章题目中所说的，猪八戒是一面人性的镜子，但这面镜子并不是一个平面镜，而是有些夸张变形的哈哈镜。在作者的笔下，我们正常人都具有的、习焉不察的缺点，以一种夸张的形式表现在我们的面前，这就让读者在这个过程中意识到自己的种种缺点，从而获得了一种自省。当八戒为自己的缺点付出代价、受到惩戒的时候，我们的内心也会为之一震，从而受到应有的警示。

说是自我提升之路，是因为我们看到像八戒这样的俗人也可以加入一项伟大的事业，成为这项事业的一个组成部分，在这项事业中自我修行与自我提高，最后达成正果。与其他的几个成员相比，八戒的毛病确实很多，但八戒一路走来，其品格的提升也确实是有目共睹。以其最大的毛病好色而论，在刚刚加入取经队伍的时候，他确实曾被黎山老母、观音、文殊、普贤几位菩萨幻化的母女四人所迷惑，一度想脱离取经队伍，过上富家女婿的生活。但自从被几位菩萨教训，发下了"兄弟再莫题起，不当人子了！从今后，再也不敢妄为。就是累折骨头，也只是摩肩压担，随师父西域去也"的誓言之后，八戒确实在女色方面就没有出过实质性的问题。盘丝洞那里，八戒跳进几个蜘蛛精洗澡的泉水中混闹一番，确实不是和尚应有的做派，但也只是占点小便宜，并未破了色戒；其他又如女儿国里说自己愿意留下来，以及在天竺国骚扰伴随太阴星君而来的嫦娥，那诚然都是八戒自己说的"逗闷闲耍子罢了"，我们当不得真的。其他又如他对悟空曾有的嫉妒心以及贪吃的毛病，只要我们稍加留心就会发现，随着取经事业的日渐完成，都有所改善。等到八戒终成正果，以往的那个八戒几乎荡然无存，呈现在我们面前的已然是一个近乎完美的出家之人了。

所以，八戒这个形象绝非只是一个能随时随地给我们带来欢笑的开心果而已。在这个形象身上，体现了作者对于人性的宽容与谅解，也给了许许多多如你我这样像八戒般的世俗中人以自新向上、有所成就的允诺。

第八章

沙僧：普通人的自我实现

我们再来说说沙僧。

毫无争议地，沙僧是取经团队中最不起眼的那一个。他本领最为低微、地位也最为卑微。但就是这么一个地位卑微、本领低微的人，投身到取经大业之中，任劳任怨、不离不弃，靠着自己的毅力和坚忍，最终也走到灵山，被封为罗汉，果正了金身。这个世界上，如八戒那般有中等本领的人已经不多，像悟空那般有大本领的人就更是凤毛麟角，包括你我在内的绝大多数都是如沙僧那样的普通之人。作为普通人，该怎样实现自己的人生价值？沙僧的经历给了我们以最朴素而深刻的启示：普通人要实现自己的价值，最重要的就是找到一件对的事情，加入一个对的团队，成为一个伟大事业的组成部分（be a part of something bigger than yourself），然后恪尽本分，坚忍持守。这些东西将使我们原本卑微的人生充满意义，成为成功的一部分。

进入取经队伍之前的沙僧，大致经历了三个阶段：修真年代、卷帘时光、流沙岁月。

先说"修真年代"。一般人说起沙僧，在脑海里能够追溯到的最早相关信息，就是他曾经在天庭担任过"卷帘大将"。实际上，《西游记》为我们提供的沙僧信息还是很丰富的。那是在流沙河，正当唐僧、悟空、八戒面对八百里水面陷入踌躇之际，忽然一个极其凶丑的怪物——就是沙僧——

钻出水面，直奔唐僧而去。悟空慌忙护定唐僧，八戒则抡耙和沙僧战在一起。在打斗的中间，八戒问沙僧你是个什么妖怪，沙僧于是以一首长诗说明了自己以往的经历，其中有这么几句"自小生来神气壮，乾坤万里曾游荡。皆因学道访天涯，每日心神不少放。一朝缘到遇真人，引开大道金光亮"。从这几句诗中我们可以知道，沙僧和西游路上遇到的那些妖怪不一样，他生下来的时候就是人身，并且很早就发心学道，为了学道，他曾经浪迹天涯，四处寻访高人。最后终于找到一位真人，在真人的指导下刻苦修炼，终于得成大道。

修成大道后的沙僧就上了天庭，开始了他生命的第二个阶段——卷帘时光。对于这段时光，沙僧是十分自豪的，这从他后来说到自己是"卷帘大将"时的骄傲劲儿可以看出来。沙僧的骄傲感也深深感染了后世的读者，于是很多人都认为"卷帘大将"应该是个很大的官。那么这到底是个什么级别的将领呢？少将还是中将？说出来你可能笑掉大牙——就是个卷帘子的。其日常的工作，沙僧自己也有详细的描述，就是每天穿得盔明甲亮，腰里别着虎头牌（出入证），手里拿着降妖杖，跟从在玉帝的身边，玉帝上轿下轿，他就去为玉帝卷个帘子什么的，其地位和当年的悟空、八戒绝对不可同日而语。再捎带脚说一下沙僧的"降妖宝杖"，新老电视剧《西游记》的道具组都弄错了，给这个降妖宝杖弄了个方便连环铲的造型。实际上，这根降妖宝杖是用月宫里的梭罗木做的，怕不结实，里面还有一条金子做的衬心。我们翻看明清各个版本的《西游记》，插图里画的降妖宝杖都是一根棒子的造型。其实想想就知道，这根宝杖主要的功能就是挑轿帘、门帘什么的，怎么会弄个铲子呢？回来接着说沙僧本人——对于这份掀门帘、卷门帘的工作，沙僧并没有什么不满，从他提到当年在天庭这段工作经历时的语气来看，沙僧对这份工作还是非常自豪的。这一点其实很有意思。你看孙悟空，他刚上天庭时被封了个弼马温，这个官职后来就成了悟空的小辫子，谁跟孙悟空提他就跟谁急，但弼马温好歹还管着一帮人，大小也是个官儿了，那卷帘大将不过是个掀门帘的，沙僧却做得有滋有味，充满自豪感。

卷帘大将的美好时光结束于一场蟠桃会。根据时间推算，这场蟠桃会应该就是因被孙悟空扰乱而推迟到如来降伏妖猴后才召开的那一场。在这场蟠桃会上，沙和尚失手打破了玻璃盏，结果引得玉帝大怒。按照玉帝的意思，当时就要判处沙僧死刑立即执行，幸亏赤脚大仙求情，玉帝才收回成命，将沙僧打了八百鞭，贬到鸟都不拉屎的流沙河。这还不算完，每隔七天，天庭还会降下飞剑，穿他胸肋百余次方回。从此之后，沙和尚就开始了他在凡间的流沙岁月。

沙僧所受的罪过让我们很容易想起古希腊神话里的普罗米修斯。普罗米修斯被宙斯囚禁在高加索山上，然后由一只神鹰每天一次来啄食他的内脏。沙僧所受的罪和普罗米修斯相比，可以说不相上下，但普罗米修斯所以受到那样的重责，是因为他盗取了火种，再就是欺骗了宙斯，还有就是他掌握着一个秘密，那个秘密就是宙斯将和一位女性生下一个孩子，这个孩子将会推翻宙斯而成为奥林匹斯山的新主人，宙斯希望普罗米修斯把这个秘密告诉他，但普罗米修斯坚决不肯。相比较而言，普罗米修斯受到的惩罚虽然很重，但对于宙斯而言，似乎还有足够的理由。但沙僧呢？仅仅是打破一个玻璃盏的小过，为什么却要被如此惩罚？有人说，沙僧打碎的那个玻璃盏可不是今天的玻璃杯，在古代，所谓"玻璃"实际上指的是水晶，水晶杯子很贵重的。但是，就算打碎了再贵重的东西，也是无心之过，也不应该受到这样的重罚啊。在这个问题上，我非常赞同萨孟武先生的观点：一是沙僧地位低。我们可以想象，假如打碎玻璃盏的是如来或者观音，那么玉帝不但不会发作，恐怕还得说上一句"打得好！岁岁（碎碎）平安嘛！"二是因为当时悟空刚大闹天宫后不久，天庭的权威受到挑战，玉帝于是就借机发作，以恐怖手段来彰显自己的威严。

像沙僧这样本领低微、命运多舛的人，在天庭中可以说是多如牛毛。他是那种走到哪里都被忽视、随时可以作为杀鸡儆猴的鸡那样被牺牲掉的无足轻重的人。但就是这样一个本领轻微、命运多舛的人，最后却取得了令人艳羡的成就——按照《西游记》最后一回的说法，他被封为"八宝金身罗汉菩萨"——菩萨啊，这是极高的果位了。

老沙凭什么能取得成功？无非是两点。

一是能摆正自己的位置。

在这几名成员中，沙僧的本领最低。先说变化。悟空有七十二变，八戒有三十六变，沙僧呢？有人说沙僧有十八变。错，十八变的是大姑娘——"女大十八变"嘛。在整部《西游记》中，沙僧只变化过一回，那就是在车迟国，悟空带着八戒和沙僧一起大闹三清殿，悟空、八戒、沙僧变做太上老君、元始天尊、灵宝天尊，一起吃了虎力、鹿力、羊力三位大仙的贡品——而且就是这么一次变化，我也高度怀疑是因为有悟空这样一位大法力的神仙出手相助的结果。再说打斗。沙僧的战斗力也是弱得可怜。以与黄袍怪的打斗为例。悟空用了五六十个回合就取得了胜利。八戒与沙僧两人双战黄袍怪，八九个回合后，渐渐落了下风，后来八戒撤出战斗，沙僧立刻就被黄袍怪抓住。由此对比我们可以看出，沙僧的战斗力比西游路上遇到的实力稍微强一点的小妖，恐怕也高不到哪里去。最后说速度。在六耳猕猴的故事中，悟空、八戒、沙僧都曾经到过花果山飞过这一段路程，悟空用了一小会，八戒来回大概用了一天，沙僧则飞了整整三个昼夜才到。总而言之，沙僧无论在各个方面来说，与悟空、八戒都是完全不在一个量级的。

沙僧在取经团队中担任的工作也是最不起眼的。取经团队建立之初，几个师兄弟的分工还不明确，典型的场景就是流沙河遇到沙僧的那一幕：悟空守住唐僧，反是八戒举耙上前和沙僧战在一处。后来，随着大家互相了解，就形成了固定的分工：悟空降妖，八戒挑担，沙僧牵马。换言之，沙僧在取经队伍中，实际上干的还是随身服侍领导的老本行，不过在天上侍候的是玉帝，跟随在玉帝的銮舆也就是轿子左右；在西行路上，侍候的则是唐僧，跟随在唐僧的鞍前马后罢了。

对于自己的本领和身份角色，沙僧是有着清醒认识的。正是出于这种认识，他采取了一种极为低调的处世态度。坊间一个关于沙僧的流行笑话是这样说的，说沙僧在《西游记》中只有三句台词："大师兄、二师兄，师傅被妖精抓走了。""大师兄，师父和二师兄被妖精抓走了。""师父、二师兄，大师兄一定会来救我们的。"——这三句台词分别对应着三个情境：只有师父被抓走；师父和八戒被抓走；以及师父、八戒、自己都被抓走。这当然是玩笑话，不过笑话里透露着一个本质的信息，那就是沙僧在取经队伍里很少说话，是最为低调的那一个。

本领低微、身份卑微，是不是说沙僧在取经队伍中就没什么作用呢？当然不是。就如同一座房子固然需要顶梁柱，但依然需要椽子、檩条这样不起眼又不可缺少的部件。在取经队伍中，沙僧实际上承担着一种润滑剂或者橡胶垫的作用，在固执的唐僧、暴躁的悟空、冒失的八戒中进行调节。比如在镇海寺，悟空中了锦毛老鼠精的金蝉脱壳之计，回头来找师父，发现师父已经被妖怪摄走。悟空怒气填胸，捞起棍来一片打，连声叫道："打死你们，打死你们！"八戒顿时慌了神，沙僧则软款温柔，近前跪下道："兄长，我知道了。想你要打杀我两个，也不去救师父，径自回家去哩。"行者道："我打杀你两个，我自去救他。"沙僧笑道："兄长说那里话！无我两个，真是单丝不线，孤掌难鸣。兄啊，这行囊、马匹，谁与看顾？宁学管鲍分金，休仿孙庞斗智。自古道：'打虎还得亲兄弟，上阵须教父子兵。'望兄长且饶打，待天明和你勠力同心，寻师去也。"这一番话果然起到了很好的效果，那孙悟空虽然性如烈火，却也明理察情，见沙僧如此说，便回心转意。经过了一晚上，等到早上三个人一起动身去找妖怪的时候，已经又是亲亲密密、说说笑笑的好兄弟了。

有人可能会觉得这样并不困难。但实际情况是，能做到这样其实很难。我们认为资质平平的人就应该待在适合他自己能力的位置上，但最大的问题是，正像我们在此前提到八戒的时候说过的，几乎人人心中都会有一种迷之自信，人最难的就是自知之明。沙僧的身份是唐僧的贴身侍从，我们翻看历史，有多少能力平平的奸佞小人只因有接近帝王的机会，就忘乎所以，一定要爬到一个与自己能力并不相称的位置上。而且本领不大、爬到高位的人还往往有个特点，就是因为他们的本领不强，所以就格外敏感而嫉贤妒能，结果给朝廷也给自己带来了巨大的麻烦。

二是坚韧与持守，以及关键时刻经得起考验的决心。

在取经队伍里，要说对取经大业最上心的人，除了唐僧，恐怕就是沙僧了。在三个师兄弟中，八戒说过散伙回高老庄，悟空说过散伙回花果山，唯独沙僧，从来就没有说过回流沙河重新做妖怪的话。没说过，是不是心里想过，只是嘴里没说出来呢？绝对不是。《西游记》里有一个情节就可以证明在下绝非虚言。

那是在红孩儿的山号火云洞，红孩儿变做一个受伤的小孩骗取唐僧的同情心，悟空几次三番劝说唐僧不要上当，唐僧非但不听，还要念紧箍咒勒悟空的脑袋。八戒对唐僧念紧箍咒一向很开心，要不是沙僧苦劝，悟空这顿头疼定然是免不了的。悟空一看师父急了，不敢坚持，只得救了红孩儿，结果转眼之间，唐僧就被红孩儿变化了掳去。悟空气得要死，于是提议散伙："兄弟们，我等自此就该散了。"

悟空的"散伙"刚说出口，就得到了八戒的热烈响应："正是，趁早散了，各寻头路，多少是好！那西天路无穷无尽，几时能到得？"我们知道，在师徒几人中，八戒是最经常说"散伙"的人，不过说得多了，大家也就不在意了——只要唐僧不吐口，只要有悟空那根铁棒在，八戒说散伙也就只是说说罢了。此时唐僧不在，悟空又提议散伙，取经大业可以说真的是面临生死存亡的关头了。那么，沙僧的表现又如何呢？

> 沙僧闻言，打了一个失惊，浑身麻木道："师兄，你说的都是哪里话。我等因为前生有罪，感蒙观世音菩萨劝化，与我们摩顶受戒，改换法名，皈依佛果，情愿保护唐僧，上西天拜佛求经，将功折罪。今日到此，一旦俱休，说出这等各寻头路的话来，可不违了菩萨的善果，坏了自己的德行，惹人耻笑，说我们有始无终也！"

"打了一个失惊""浑身麻木"，足见悟空所言给沙僧带来的巨大的心理冲击，而此后那一大段如长江黄河般倾泻而出的话语，更是将沙僧西行求法的挚诚表露无遗。

为什么沙僧对于取经大业如此挚诚？除了意志品质的因素，也离不开沙僧对自己情况的清楚认识。悟空回花果山，还能继续当猴王，那日子其实还是不错的；八戒回高老庄，还可以接着当上门女婿，过老婆孩子热炕头的小日子，高太公就算不同意也只能接受；可是他沙僧呢？接着回流沙河那鸟不拉屎的地方，过着每七天一次飞剑穿胸之痛的流沙岁月？这样想来，能够遇到观世音菩萨这样的贵人，能够加入到如来亲自策划的取经大业，那是一万年都不一定遇到的幸运啊！

正是出于对取经大业发自灵魂的认同，对给自己指出了一条明路的观音菩萨以及带领自己修行的唐僧的发自内心的感激，所以，沙僧在关键时刻，甚至可以做出牺牲生命的壮举。

那是在碗子山波月洞，黄袍怪捉住唐僧，结果被黄袍怪的妻子也就是宝象国的公主百花羞求情放走时。百花羞托唐僧给父亲带去一封书信，请父王解救自己，宝象国国王恳请八戒、沙僧出手。两个人与黄袍怪动起手来，发现自己根本不是对手，八戒逃走，沙僧则被黄袍怪一把抓回洞中。黄袍怪断定是百花羞有书信给宝象国国王，于是一手拿刀，一手揪着百花羞的头发与沙僧对质，只要沙僧说出百花羞的名字，公主就将命丧黄泉。沙僧明知百花羞有书信给国王，但他想的却是："分明是他有书去，救了我师父。此是莫大之恩。我若一口说出，他就把公主杀了，此却不是恩将仇报？罢！罢！罢！想老沙跟我师父一场，也没寸功报效；今日已此被缚，就将此性命与师父报了恩罢！"接着就说出了一番极其雄壮的话："那妖怪不要无礼！他有甚么书信来，你这等枉他，要害他性命！我们来此问你要公主，有个缘故。只因你把我师父捉在洞中，我师父曾看见公主的模样动静。及至宝象国，倒换官文，那皇帝将公主画影图形，前后访问。因将公主形影，问我师父沿途可曾看见，我师父遂将公主说起，他故知是他女儿，赐了我等御酒，教我们来拿你，要他公主还宫。此情是实，何尝有甚书信？你要杀就杀了我老沙，不可枉害平人，大亏天理！"

　　听了这番话，我想所有人都会心有感佩，用"平凡而伟大"来赞美老沙，我想任何人都不会有异议。老沙最后成就的是菩萨的果位。虽然就本领说，他只会点三脚猫的本领；就地位来说，他无论在天庭还是在取经队伍中，都不过是个侍从，但就凭老沙这等视死如归的气概、知恩图报的人品，老沙就配得上。

　　老沙的故事我们就讲到这里。那么，从老沙的故事里我们能够得到怎样的启示呢？

　　启示当然有很多。比如我们身在一个团体之中，应该找准自己的位置；比如普通人也可以当英雄，有时候，英雄就是在关键时刻敢于克服自己的恐惧、站出来自我牺牲的人；比如身为普通人，想要有所成就，你能依靠的就是自己的人品与坚忍，等等。但我最想说的还不是那些。我最想说的，是沙僧以一个普通人而实现自我的方式。

"实现自我"是一个人能够追求到的最高层次的满足。按照马斯洛的"需求层次理论"，人的需求可以由低到高分为五个层次：最低的是生理需求，如吃饭睡觉等；往上依次为安全需求，如人身安全、健康保障等；归属需求，如亲情、友情、爱情等；尊重需求，如信心、尊重等；最高级的则是自我实现的需求，如道德感与使命感等。

马斯洛的"需求层次理论"是最近一百年来心理学方面最重要的基础理论，它科学而清晰地把人的需求做到了目前为止最令人信服的层次划分。在这些层次中，越低的越容易满足，越高的则越难以实现，正因为如此，马斯洛才用了一个金字塔的形状来对这些层次进行描绘。但是，是不是这个需求层次的满足情况和人的所处社会阶层是一样的，也就是财富越多、社会地位越高，满足了自我实现需求的人也就越多呢？奥地利著名心理学家阿德勒在其《自卑与超越》中指出：绝对不是。阿德勒以大量例证表明：最高层次的满足感来自"贡献感"。

那么，怎样才能得到"贡献感"呢？阿德勒指出，你应该出于对社会的关心，作为共同体的一员积极参与其中，在共同体中找到归属感，为之贡献，那样，"贡献感"就来了。并且，对于我们普通人最好的一个消息是：这个"贡献感"并不在于其绝对的大小，而在于你的心理感受。套句中国的古话，叫作"论心不论事"。

简言之，自我实现最有效的途径就是超越自我，成为一个比你自己更大的、你认为有意义的事业的一部分，也就是英文所谓：Be a part of something bigger than yourself.

老沙能够加入取经队伍，当然主要靠的是运气。我们可以比老沙聪明一点。世界上无数像你我这样资质平常的人，我们可能不像沙僧那样靠运气等到自己的观世音和唐僧，但我们可以去寻找那个对我们而言意义非凡的事业，加入其中，让我们平凡的生命充满意义。

Be a part of something bigger than yourself. 这是我们普通人超越卑微、实现自我、纳入永恒的最佳途径。

第九章

六耳猕猴：二心之争

我们再来说六耳猕猴。

六耳猕猴应该是整部《西游记》中最扑朔迷离、也最能引起后世无限猜想的一个妖怪。坊间关于六耳猕猴一个颇为流行的说法是：因为孙悟空不听话，总是和唐僧发生冲突，于是佛祖就派了六耳猕猴来替代悟空，真的孙悟空在第五十八回就被打死了，此后保唐僧西天取经的其实是六耳猕猴。而理由就是从"真假美猴王"事件之后，悟空就像换了一个人，再没有和唐僧发生过激烈冲突。

这个说法一出，不少人顿觉拨云见日，脑洞大开。于是我们的问题来了：六耳猕猴到底是谁？坊间流传的六耳猕猴打死了悟空的事情是真的吗？作者借这个故事，到底想告诉我们什么？

在回答这几个问题之前，我们还是要用最简短的时间，把"六耳猕猴事件"的前因后果做一个交代。

故事发生在西游九年的夏天。说唐僧师徒走到一处不知名的高山，忽然遇到一伙强盗。悟空打死两个领头的，惹得唐僧十分不悦。后来师徒四人来到一家姓杨的老汉家借宿，恰巧老汉的独生儿子也是那伙强盗中的一个。杨老汉和妻子热情款待师徒四人，说到做强盗的儿子，老汉表达了既恨铁不成钢又舍不得将其送官的矛盾心情。当晚，师徒四人住在老汉家中，睡到四更时分，杨老汉的儿子和那伙强盗到家吃饭，听说四个和尚住在家中，知道是唐僧四人，于是打算将他们杀害。杨老汉慌忙告知师徒四人，让他们连夜逃走。走到半路，那伙强盗追来，唐僧再三告诫悟空不可伤害生命，但悟空不但一顿棍子将众人打死大半，还特别问清哪个是杨老汉的儿子，而后将其脑袋割下来，血淋淋地送到唐僧面前。唐僧忍无可忍，当时就把紧箍咒念了十几遍，而后断然将悟空赶出取经队伍。

悟空被唐僧赶走，觉得唐僧辜负了他，于是跑到南海观世音菩萨处诉说心中的委屈。观音指出错在悟空，而后将他留在身边，择机将其送回取经队伍。

与此同时，却又有一个来路不明的行者出现在唐僧身边。当时八戒、沙僧一个化缘，一个找水，只剩唐僧孤身一人。那行者先是恳请唐僧重新接纳自己回到取经队伍，唐僧不允，他登时大怒，将唐僧打伤，抢了包袱，驾云回到花果山。沙僧前去讨取未果，也赶往南海观世音处求救，在那里遇到了孙悟空，当即就要与悟空厮打。悟空听说有个假行者冒充自己作恶，当即辞别菩萨，与沙僧一起赶往花果山水帘洞。孙悟空跟着沙和尚来到花果山，果然看到了另一个一模一样的自己。两个行者斗在一处，手段一般无二，难分胜负；到南海请菩萨分辨真假，观音念起紧箍咒，两个行者一般头痛；到凌霄宝殿请玉帝裁决，玉帝命托塔天王取出照妖镜，但镜子中也是毫无分别的两只猴子；来到阴曹地府，神兽谛听倒是可以分辨真假，但又不敢说出真相。两个行者最后来到大雷音寺，请如来分辨。如来指出假行者乃是六耳猕猴。悟空打死六耳猕猴，并向如来说了被唐僧赶走的事情。如来指派观音带着自己的口谕送悟空回到取经队伍，要唐僧务必接受悟空。师徒二人重归于好，继续向西天进发。

故事梗概交代完毕，现在我们来着手回答问题。

第一个问题，六耳猕猴是谁？

　　自《西游记》诞生以来，对于"六耳猕猴"的身份就有着种种不同的猜测。以往最普遍的看法就是，六耳猕猴就是六耳猕猴，而其依据，就是如来在灵山上给众人上的那一堂"物种分类"课。当时真假美猴王打到灵山，如来问在座的菩萨、罗汉等可能分辨真假。众人表示不能，于是如来就对众人说：你们虽有法力，但只知周天之事，不能辨周天之物。

　　周天之内有五仙，乃天、地、神、人、鬼。有五虫：乃嬴、鳞、毛、羽、昆。这厮非天、非地、非神、非人、非鬼；亦非嬴、非鳞、非毛、非羽、非昆。又有四猴混世，不入十类之种。观音问是哪四猴，如来说第一是灵明石猴，通变化，识天时，知地利，移星换斗；第二是赤尻马猴，晓阴阳，会人事，善出入，避死延生；第三是通臂猿猴，拿日月，缩千山，辨休咎，乾坤摩弄；第四是六耳猕猴，善聆音，能察理，知前后，万物皆明。此四猴者，不入十类之种，不列两间之名。最后一锤定音：我观假悟空，乃六耳猕猴也。

　　但事情不是这样简单。要真是六耳猕猴的话，真假悟空又有什么难以辨别的，大家只要数一数耳朵就好，哪里还用得到天上地下地折腾一通。我的看法是，六耳猕猴并非像如来和大众所说的与灵明石猴、通臂猿猴、赤尻马猴并列的一个物种，而是另一个真实的悟空，或者说是悟空的另一个自我。我们这样说的理由有四：第一，禅门中早就有以"六耳"比喻妄心的公案。当年泐（lè）潭法会禅师曾拿一个很常见的禅门公案"如何是祖师西来意？"（翻译成现代汉语就是"达摩祖师从西方来到东土的意旨是什么？"）问马祖，马祖说你近前来我和你说，等法会走到近前，马祖却一巴掌打在法会脸上，说："六耳不同谋，且去，明日再来。"第二天法会禅师独身一人去见马祖询问答案，马祖又说："且去，待老衲上堂时你出来问，与汝证明。"根据后代大德的参悟，这个"六耳"，指的就是人的妄心。第二，在三星洞学艺的时候，悟空打破了须菩提祖师的盘中之谜，恳请祖师传给他道术的时候，就说过"此间并无六耳，只有弟子一人"的话，而如来所说假悟空的名字就叫"六耳猕猴"，这应该不是名称上的巧合而是有意的照应。第三，紧箍只有一个，观音已经套在了悟空的脑袋上，又怎么可能同时出现在六耳猕猴的头上？第四，也是最重要的一点，则是如来其实已经在对大众的宣示中隐晦地指出了这一点：当他看到两个悟空来的时候，当时就说道，汝等皆是一心，且看二心竞斗而来也，那意思很清楚，你们都只有一心，但有人就是有二心，且二心之间正在进行着激烈的竞斗。

如来为什么不直接说出呢？我们的解释是，直接说出来，效果并不好。世间的许多事情过去了就过去了，与其说清楚，不如不说清楚。假如如来把谜底打破，说悟空恨不能打死唐僧，你让他们以后再如何相处而心无芥蒂呢？如来巧妙地用"六耳"来点醒悟空，这是留有余地，是非常高明的智慧。而悟空上前一棒将所谓"六耳猕猴"打死，也等于是向佛祖进行了保证：我的"二心"已经被我自己打消了，从此我就只有"一心"也就是向佛的心了。

如来对悟空的表现很满意，所以随后就对悟空说出了自己的承诺：只要你一心保着唐僧取经，将来成功，果位不会低于菩萨。而我们也确实看到，此后的悟空果然就没有再干一件滥杀无辜的事情。在这个意义上，"六耳猕猴"事件的发生是一件好事，通过这次事件，悟空的心性得到了很大的提升，和以前那个狠戾暴躁的猴王相比，已经是脱胎换骨之别了。

六耳猕猴的故事因为充满了神话色彩而显得迷离恍惚、高深莫测，但它所反映的那种自己的两颗心之间的剧烈交战，实际上我们绝大多数人都是有过体会的。我们几乎都有这样的时刻，就是觉得自己的心里住着两个甚至好几个小人，一个想这样，一个想那样；一个想向前，一个想向后：这就让我们思前想后，左右为难，非常痛苦。

心理学家把这几个小人叫作"亚人格"。

亚人格与人格是什么关系？简单来说，所谓"人格"，就是一个人所拥有的亚人格的总和，而一个亚人格就是人格的一个侧面或者部分，其中力量最大的小人，叫作"主导人格"。亚人格之间的关系错综复杂，可以是友好的，也可以是疏离的乃至对立的。心理学家认为，所有的心理冲突都是亚人格之间的冲突。

这种冲突其实很常见，生活中，绝大多数人都是轻微分裂的"两面派"——他们自我分裂、不统一，但又没有达到人格分裂或者人格障碍的程度。但是，如果心理冲突发展到不可调和的激烈程度，就会发生自己与自己的厮杀对决——人格分裂。这时就会有多项不受主导人格干扰的亚人格，轮流控制我们的身体进行思维和决策，就好像是我们的身体里住进了好几个人，这几个亚人格意识不到彼此的存在，在人格转化的时候，就会出现意识上的不清晰，不知道自己在哪里、在做什么、为什么这样做。这明显与我们可以意识到的自身的内心冲突是不同的。这就是双重人格乃至多重人格，全称叫作"分离性身份识别障碍"，也就是我们常说的"人格分裂"。

悟空的情况就属于典型的人格分裂。而将分裂的两个人格分化为两个独立的人物，乃是文学史上一种早已有之的做法，并非是《西游记》的独创，比如元代著名戏曲家郑光祖的《倩女离魂》，就是一个非常典型的例子。

作品写张倩女爱上了王文举，念念不忘，她的灵魂离开了身体，追随王文举而去；而身体则留在家里，继续过着安分守己的日子。两个张倩女，前者代表着她对感情的执着与狂野，后者则代表着她作为女孩子的羞涩与对现实的无奈。这两个张倩女都是真的，并且也都以为自己是唯一的。真假美猴王亦可作如是观。

至于第二个问题：到底是孙悟空打死了六耳猕猴，还是六耳猕猴打死了孙悟空，在第一个问题解决之后，其实也就不成其为问题了。其实，书中有多处佐证，都能说明所谓"六耳猕猴打死孙悟空"是无稽之谈。对于这一点，李天飞在其《西游记可以这样读》中曾有过很清晰的辨析。比如自从真假猴王见面的那一刻起，作者对于两个猴王的称呼就已经确定：孙悟空为"这大圣"或"孙大圣"，六耳猕猴为"那行者"或"那猴"，自始至终，一毫不乱。又比如自六耳猕猴事件之后，作者对悟空也有多次心理描写，提到真假美猴王事件之前的事情，如在陷空山无底洞，当悟空看到里面的风景时就说"好去处！想老孙出世，天赐与水帘洞，这里也是个洞天福地"，又回忆起当年的风光"若我老孙，方五百年前大闹天宫之时，云游海角，放荡天涯，聚群精，自称齐天大圣，降龙伏虎，销了死籍；头戴着三额金冠，身穿着黄金铠甲，手执着金箍棒，足踏着步云鞋，手下有四万七千群怪，都称我做大圣爷爷"。假如孙悟空已死，取经的是六耳猕猴，作者这样写难道是神经错乱了吗？

至于说悟空与唐僧此后再也没有发生过严重的冲突，这其实也没什么好奇怪的：因为经过这一次激烈的冲突，两个人都发生了改变。

一是就悟空而言，他已经打死了自己的妄心，只剩下一颗护送唐僧取经的真心了。更何况他是亲耳听到了如来对自己的承诺："你休乱想，切莫放刁，我教观音送你去，不怕他不收。好生保护他去，那时功成归极乐，汝亦坐莲台。"——莲台是菩萨这个级别才能坐的，汝亦坐莲台的意思就是取经成功之时，你的果位不会低于菩萨。既然如此，还有什么必要和唐僧发生严重的冲突？

二是就唐僧而言，他对悟空的态度自此也发生了重大的改变。在杀贼事件中，唐僧所以断然地驱逐悟空，是因为性格乃至世界观方面存在着很大的差异，令唐僧常有"道不同不相为谋"的愤慨。现在，观音出现了，她以一种斩钉截铁的语气、不容置辩的态度转达了如来的口谕：你如今须是收留悟空，一路上魔障未消，必得他保护你，才得到灵山，见佛取经。唐僧尽管性格有些呆板，但并不呆傻，通过观音的话语，他已经清楚地明白了佛祖对这件事情的态度：我对你的支持是有条件的，没有悟空，你这个经是取不成的，再任性下去，对你没有丝毫的好处。观音把话已经说到了这个份上，自己还有什么好说的？更何况在此后的日子里，唐僧也发现了悟空性格的变化，他欢喜接受还来不及，怎么可能再难为悟空？

最后说第三个问题：作者到底想借这个故事，告诉我们一个怎样的道理？

在我看来，这个道理就是——我们每个人心中都有一个魔鬼；或者说，我们每个人心中都有魔鬼的一面：这就是我们的"心魔"。六耳猕猴的故事告诉我们，比起外在的妖魔来，最难降服的其实是我们自己的"心魔"，或者叫"二心"。

说到"二心"，自然就涉及"本心"或者"初心"。

悟空跟随唐僧取经的本心或初心是什么？这就要上溯到他向观世音菩萨求救时所说的那一番话语了。当时，悟空在五行山下已经被压了五百年，非常痛苦。这时观世音菩萨出现了。在谈话中，观世音菩萨说出了如来的取经大业，以及自己正在为唐僧寻找护法的使命，悟空请求观音菩萨解救——

菩萨道："你罪业弥天，救你出来，恐你又生祸害，反为不美。"大圣道："我已知悔了。但愿大慈悲指条门路，情愿修行。"

那菩萨闻得此言，满心欢喜，对大圣道："人心生一念，天地尽皆知。你既有此心，待我到了东土大唐国寻一个取经的人来，教他救你。你可跟他做个徒弟，入我佛门，再修正果如何？"大圣声声道："愿去，愿去！"

而后悟空就在五行山下等待，终于等到了唐僧的出现。唐僧出现后，悟空把前因后果向唐僧讲了，请求将自己解救出来，并表达了自己愿意保唐僧西天取经的决心："我是五百年前大闹天宫的齐天大圣，只因犯了诳上之罪，被佛祖压于此处。前者观音菩萨领佛旨意，上东土寻取经人。我教他救我一救。他劝我皈依佛法，殷勤保护取经人，往西方拜佛，功成后自有好处。故此昼夜提心，只等师父来救我脱身。我愿保你取经，与你做个徒弟。"

综合这些话语，我们可以非常确切地说，悟空的初心就是不再行凶、皈依佛法，尽心保护取经人，往西天拜佛，日后成个正果。

但是，在此后的日子里，悟空果然完全遵从了自己的"初心"或"本心"吗？没有。一方面，他确确实实在保唐僧取经，总体来说还表现得不错，但另一方面，他那一颗不尽切合初心的"妄心"也在生长。这个"妄心"，再详细剖析的话，主要就是两点：

一是藐视众生的凶妄之心。这颗凶妄之心是和他的妖魔出身联系在一起的。他当年是妖怪，伤生害命对他来说是家常便饭；但既然与唐僧做徒弟，入了沙门，就要遵从沙门的律条。可实际上，悟空入空门不久，就打杀了六个拦路抢劫的盗匪，与唐僧发生了激烈的冲突。而在三打白骨精事件后，他被逐出取经队伍，回到花果山，听说花果山的群猴遭受猎户的荼毒，更是做起法来，杀死了上千猎户。

二是鄙视唐僧、自高自大的狂妄之心。当初悟空刚刚跟随唐僧，在内心深处是充满感激的。但随着接触的日子久了，作为肉身凡胎的唐僧的种种软弱无能也就显示出来。此时的悟空尚不懂得欣赏唐僧作为高僧的虔诚与博学，不懂得敬佩唐僧在种种恐惧与诱惑之下表现出的坚忍与定力，他以法力为标准，认定了唐僧是个十足的窝囊废，而一颗狂妄之心也就肆无忌惮地生长起来。以六耳猕猴事件为例，面对唐僧再三"不要杀生"的叮咛，悟空不但不听，反而将三十多个强盗悉数杀死，特别是将杨老汉儿子的首级割下拿到唐僧面前，其狂妄悖乱应该说是嚣张到了极点。

正是这些或由于出身带来的习惯性力量，或出于自高自大而生起的狂妄，使得悟空与唐僧发生了激烈的冲突。这次冲突的结果是两个：一是唐僧把多少年来舍不得多念的紧箍咒念了个痛快："唐僧见了，更不答应，兜住马即念紧箍咒。颠来倒去，又念有二十余遍，把大圣咒倒在地，箍儿陷在肉里有一寸深浅。"二是坚决地将悟空赶出取经队伍，当悟空说出"我是有处过日子的，只怕你无我去不得西天"的话时，唐僧甚至表示只要你肯滚蛋，我去不去西天都无所谓："你这猴狲，杀生害命，如今实不要你了！我去得去不得，不干你事。快走快走！迟了些儿，我又念真言，这番决不住口！"

唐僧的两项举措给悟空造成了两个严重的后果：第一，是身体的极度疼痛，特别是这疼痛是在脑袋上，恐怕还造成了意识的恍惚；第二，是精神上的极度空虚，眼看取经路断，究竟何去何从？

肉体和精神上的双重痛苦最终逼出了两个美猴王。很明显，"真假美猴王"事件就是发生在悟空身上的自己与自己的厮杀对决。其中的"真猴王"就是那个皈依佛法、殷勤护送唐僧取经的"真行者"，按照心理学术语来讲，就是悟空的"主导人格"；其中的"假猴王"就是那个藐视众生、轻视唐僧，甚至想独自取经的"假行者"，按照心理学术语来讲，就是那个与主导人格相背离的亚人格。作品写面对真假美猴王之间的打斗，从唐僧到阎王、从观音到玉皇大帝，连分辨真假都不能，更不要说从中助力了，其实也以一种形象的笔墨揭示了这样一个道理：自己与自己的厮杀对决乃是这个世界上最为凶险的厮杀对决，因为与敌人的厮杀还可以找到帮手，但与自己的厮杀对决，除了像如来这样所谓的"调心大夫"外，你很难再找到可以依傍的力量。而一旦战胜自己的"心魔"，你就得到了一个全新的自己。

那么，今天的我们通过六耳猕猴的故事，又能得到怎样的启示呢？

第一，人最大的敌人是自己。《西游记》有一句像主旋律一般反复出现的话语，叫作"心生种种魔生，心灭种种魔灭"，而六耳猕猴的故事告诉我们，其实最大的魔头就是自己的二心，或者叫"心魔"。战胜了自己的心魔，才能成就一个全新的自己。

第二，不要害怕冲突。我们一般人的看法，在遇到与他人的意见不同时，往往强调相互妥协。但一味的妥协，有时并不能真正地解决问题。以唐僧和悟空为例，假如唐僧一味妥协，就只能纵容悟空对众生的藐视与对自己的轻蔑。正是唐僧决绝的态度促成了悟空灵魂深处的风暴以及最后的洗心革面。在某些情况下，激烈的冲突也是交流沟通的方式，是整合重大矛盾的良机。

第十章

精细鬼与伶俐虫：小妖的选择

这回我们不说唐僧师徒，也不说《西游记》里的那些大魔王，我们说一说唐僧师徒在西行路上遇到的一对小妖：精细鬼与伶俐虫。

之所以是这两个小妖，是因为他们除了像孩子一样可爱天真之外，还因为他们在生死攸关之际所做出的选择太令人难忘了。他们的选择完美地演绎了什么叫作直面现实的勇气，演绎了一个小妖的本分以及对大王的眷恋与忠诚。如果将这两个小妖放进包括《三国演义》《水浒传》在内的中国通俗小说乃至中国传统文化的系统之中，你就会越发发现他们的非凡意义。

因为这两个小妖在《西游记》中实在是两个小得几乎不能再小的角色，他们的戏份几乎不怎么被我们记得，所以他们的故事，我们还得稍微花点时间说一说。

精细鬼和伶俐虫是平顶山两个大魔头金角大王与银角大王帐下比较受宠的两个小妖。金角大王和银角大王原来是太上老君手下两个负责烧炉炼丹的童子。而太上老君是整部《西游记》中唯一可以与如来相媲美的大神，除法力高强之外，他特别厉害的地方还在于善于制造各种超级法宝。于是作为太上老君的身边人，金角大王和银角大王在偷偷下天界的时候，就顺手盗走了一堆宝贝：芭蕉扇、七星剑、幌金绳、紫金葫芦、羊脂玉净瓶。其中，和我们今天的故事有关的是紫金葫芦和玉净瓶。这两件法宝的功用其实是差不多的：把这两个宝贝的盖子揭开，口朝下，然后呼唤打击目标的名字，只要他答应一声，就会被瞬间吸入瓶中，不消一时三刻，就会一命呜呼，化为血水。

金角大王和银角大王打听到唐僧师徒将要路过平顶山，自然十分激动。银角大王变作一个腿部受伤、既不能走路也不能骑马的老道，骗取了唐僧的信任，定要让悟空背他。悟空早就认出了老道是妖精所化，但还是痛快地答应了。他故意走得很慢，只等唐僧骑着马走远了，就要一把抓过银角大王，将他摔成肉饼。银角大王也看出了悟空的心思，于是先下手为强，施展搬山的本领，将峨眉山、武夷山、泰山三座大山压在悟空的身上，然后自己腾空飞走，把唐僧、沙僧、八戒抓到洞府之中。回洞之后，就派精细鬼和伶俐虫拿着玉净瓶和紫金葫芦，准备将悟空装入瓶中。

就在两个小妖拿着法宝走在路上的时候，三座大山的山神已经知道自己压着的竟然是孙悟空，赶忙将悟空放了出来。脱身出来的悟空忽然看到万道霞光，就向当方土地山神询问是怎么回事。当方土地山神都知道金角大王和银角大王的宝贝，于是告知孙悟空，八成是这两个大王派小妖拿宝贝来装孙悟空了。悟空知道情况后，心生一计，打发走了土地山神，变化做一个道骨仙风的老神仙，等候着小妖的到来。

不大一会，精细鬼和伶俐虫就拿着宝贝出现了。悟空就和俩小妖攀谈起来，说自己是蓬莱岛来的神仙，取得他们的信任之后，就问俩小妖去干什么。俩小妖于是就把自己的任务和法宝都原原本本地告诉了悟空。悟空拔出一根毫毛，变做一个很大的葫芦，说你们的宝贝不如我的宝贝。俩小妖说你的葫芦大是大，但我们的葫芦能装人，所以还是比你的好。悟空信口开吹，说你的葫芦能装人算什么，我的葫芦能装天哩！一听悟空的葫芦能装天，俩小妖顿时眼馋得不行不行的。他俩商量了一下，就准备拿自己的葫芦外加玉净瓶和悟空交换，不过有个条件，就是要悟空现场表演，以验真伪。

悟空的牛既然已经吹出，少不得就得想方设法圆上。他念了咒语，把日游神、夜游神、五方揭谛叫到耳边，让他们赶快奏明玉帝，要借天装一装，不然就要动起刀兵，打到凌霄宝殿。玉帝听了连道荒唐，说天怎么可能装进一个葫芦里。幸亏哪吒三太子聪明，出了个主意，说不就是骗俩小妖么，把真武大帝的皂雕旗借来，往北天门一挡，遮住日月星辰所放光芒，对面不见人，就说把天装了。玉帝准奏，令夜游神等告知悟空，于是哪吒就在悟空将葫芦抛起的瞬间，展开皂雕旗，遮住了日月星辰，眼前就顿时漆黑，伸手不见五指。俩小妖信以为真，当时就把玉净瓶加紫金葫芦给了悟空，换到了悟空那个毫毛变成的大葫芦。

悟空拿到葫芦、净瓶，一道烟走了。俩小妖开心得要死，兴致勃勃，也学着悟空将葫芦抛起，连抛几次，都掉在地下，天空还是一片湛蓝。这还不算，悟空当真是一毛不拔，就连这根毫毛也还收了回去，搞得俩小妖四手皆空。

俩小妖再笨，也知道自己被骗了。

他俩完全被吓傻了，呆呆怔怔，连声道："怎的好！怎的好！当时大王将宝贝付与我们，教拿孙行者。今行者既不曾拿得，连宝贝都不见了。我们怎敢去回话？这一顿直直地打死了也！"

在片刻的麻木过后，两个小妖开始商议下一步该怎么办。伶俐虫最初想逃避，说："我们走了吧。"精细鬼说："往哪里走么？"伶俐虫道："不管哪里走罢。若回去说没宝贝，断然是送命了。"

下面重点来了，一定要认真读。

精细鬼道："不要走，还回去。二大王平日看你甚好，我推一句在你身上。他若肯将就，留得性命；说不过，就打死，还在此间。莫弄得两头不着，去来去来。"

最终的结果是伶俐虫接受了精细鬼的建议，于是两个小妖转步回山。回到山上，由精细鬼开口，如实将上当的经过以及交换宝贝的动机禀报给两个

大王，并且也确实按照当初的约定"推了两句"在伶俐虫身上："我们也是
妄想之心，养家之意：他的装天，我的装人，与他换了罢。原说葫芦换葫芦，
伶俐虫又贴他个净瓶。谁想他仙家之物，近不得凡人之手。正试演处，就
连人都不见了。万望饶小的们死罪！"金角大王和银角大王虽然气得七窍生
烟，不过还是看在以往的情面上，骂了他们两句蠢货，也就饶了他们的性命。

　　银角大王为什么骂了两个小妖几句，就把他们俩轻轻放过？我想可能有
两个原因：第一，可能就是精细鬼和伶俐虫说的"二大王平日看你甚好"，
自己宠爱的部下，就算犯了错，看在平时的情面上也就不忍心置之于死地；
第二，也有可能是认为这两个小妖的本领道行都和悟空相距甚远，他们俩碰
上悟空，丢法宝乃至丢性命都是分内之事，责任不完全在于两个小妖，所
以也就没有为难他们。

　　回过头来接着说精细鬼和伶俐虫。我不知道大家听了两个小妖的故事后
会是怎样的一种反应。可能是因为我自己的智商也就和这两个小妖差不多，
所以情不自禁地就把自己代入到小妖的情境之中的缘故吧。当初阅读这一
段文字的时候，我的心情真是随着这两个小妖起伏跌宕、百转千回，当看
到这两个小妖最终被银角大王原谅而逃出了一片生天之后，我揪着的心才
算放了下来。

　　有人可能会说，不过是两个小妖，你何以对它们如此动心呢？

　　有好多原因。比如这两个小妖的可爱与单纯。这两个小妖真地像极了生
活中的那些孩子。以拿紫金葫芦和玉净瓶换悟空大葫芦的情况为例。少年儿
童往往对别人的东西充满好奇，认为别人的东西比自己的好。又因为他们
年幼无知，缺乏对事物价值的真正了解，而自己缺乏社会经验，所以就经
常会做出一些让成年人看起来非常可笑的交换行为。再比如这两个小妖彼
此之间的友爱和包容。在用自己的宝贝换悟空的假葫芦这一事情上，伶俐
虫无疑应当负有主要责任。提出拿自己的紫金葫芦和悟空交换的是伶俐虫，

怕悟空不肯、提出要贴他个玉净瓶的也是伶俐虫，但精细鬼却并没有把责任一味推在伶俐虫身上，他要伶俐虫做的仅仅是比自己多负那么一丁点的责任。伶俐虫呢？完全接受了精细鬼的建议，承担了可能要比精细鬼重得多的惩罚。两个小鬼之间的这份友爱和包容真的是令人感动。再如他们确实很蠢，但念其初心，也是出于为山寨考虑，希望山寨能得到好处，所谓"养家之意"，这份对山寨的责任感也还是可圈可点的。

但这些都还是次要的。要论这两个小妖身上最大的亮点、最能够打动我们并能够给我们以长足启示的，其实还是他们在生死攸关之际所做出的选择——在可能会被打死和忠诚可靠这两个选项中，他们选择了忠诚可靠。

咱们换位思考一下，假如你是这两个小妖，大王让你们拿着两件看家的宝贝让你去装人，你自作聪明地和别人去交换，结果先是换了根毛，后来连这根毛都丢了，你会是怎样的反应？你一定会觉得五雷轰顶、头晕目眩。两个小妖也是如此。他们最初也想过逃避，但片刻的犹豫之后，他们还是选择了勇敢地面对自己的愚蠢而造成的可怕后果，这就是精细鬼说的："不要走，还回去。……他若肯将就，留得性命；说不过，就打死，还在此间。莫弄得两头不着。"

两个小妖蠢是蠢了点，但在生死存亡的大节关头，他们的品质是没有问题的。在这两个轻如鸿毛的小妖的生命里，还是颇有一些坚硬的东西的，在这个问题上，我们完全可以套用孟子"生，亦我所欲也；义，亦我所欲也。二者不可得兼，舍生而取义者也"来形容精细鬼和伶俐虫。

一个对比就能把精细鬼和伶俐虫的难得映衬出来。我们选择与两个小妖做对比的，是《水浒传》中的青面兽杨志。

《水浒传》中的青面兽杨志，也有两次把事情办砸了的经历。第一次是他在殿前司担任殿司制使官的时候，他和另外几个军官一起押运花石纲——也就是运输奇花异石的护送队伍——的时候。那次和杨志一起押运花石纲的，加上杨志，一共是十个制使。花石纲从太湖出发，走到黄河上，遭遇风暴，另外九条船都没事，偏偏是杨志那条船翻了，失陷了花石纲。

第二次，就是大家都熟知的押运生辰纲了：走到黄泥岗附近的时候，遇到了早已等候在这里的晁盖、吴用等六条好汉，以及假扮卖酒小贩的白日鼠白胜。酷热难耐，手下士兵坚持要喝酒，杨志约束不住，加上看到晁盖等人将酒喝下而安然无恙，于是就答应了士兵的请求，自己也喝了一瓢，结果被酒中的蒙汗药麻翻在地，眼睁睁看着他们将生辰纲劫去。

事情办砸了，这是能力的问题还是运气的问题，我们放下不论。关键是杨志在事情发生后的举措。失陷花石纲，杨志因为惧怕处罚，于是一走了之，结果就把本来属于意外事故的事情变成了职务犯罪，搞得自己只好躲避江湖。

而失陷生辰纲，杨志的表现就更是令人哀其不幸、怒其不争了。《水浒传》中的杨志有三段内心独白，充分表明了杨志此时的精神状态。第一段是，待蒙汗药药力已过，杨志爬将起来，愤懑道："不争你把了生辰纲去，叫俺如何回去见得梁中书？这纸领状须缴不得！"就扯破了。"如今闪得俺有家难奔，有国难投，待走那里去？不如就这冈子上寻个死处。"这是说杨志没有回去见梁中书的勇气。

第二段是他走到黄泥岗上，撩起衣服就要跳下去，但转而一想："爹娘生下洒家，凛凛一躯，自小学成十八般武艺在身，终不成只这般休了！比及今日寻个死处，不如日后等他拿得着时，却再理会"，看似道理分明，但说得通俗些，就是杨志也没有自杀的勇气。

第三段是东京回不去，自杀又不甘心，何去何从？杨志的打算是上梁山："王伦当初苦苦相留洒家，俺却不曾落草。如今脸上又添了金印，却去投奔他时，好没志气。"是说杨志此时已经把"三代将门之后、杨老令公之孙"的傲气、"一刀一枪，博个封妻荫子"的理想，乃至作为一条好汉应有的起码尊严都已经放下了，支撑他活下去的也就是"好死不如赖活着"这条求生哲学了。此时的杨志，意志基本上就已经崩溃了。他宛如一只斗败的公鸡，精神一片萎靡。

对于杨志遇事的反应，高俅有一段很好的评价。这是在杨志失陷花石纲后遇到天下大赦，准备了一担礼物，想通过高俅的门路官复原职时高俅做出的评价。在《水浒传》里，高俅绝对不是什么好人，但他训斥杨志的那番话却可以说是句句在理："既是你等十个制使去运花石纲，九个回到京师交纳了，偏你这厮把花石纲失陷了。又不来首告，倒又在逃，许多时捉拿不着。今日再要勾当，虽经赦宥所犯罪名，难以委用。""赦宥"是宽恕、赦免的意思。高俅的意思很清楚：第一，你办事不力；第二，你畏罪潜逃。你这种人，朝廷虽然赦免了你的罪过，要想恢复官职，那是万万不能的。

看看，这是在江湖上有着鼎鼎大名、身为杨老令公之后、武艺高强的杨志遇到事情之后的反应。正如林庚等学术前辈指出的，《西游记》中的妖魔世界，其原型也就是《水浒传》所展示的江湖世界，那么，《西游记》中的魔头与小妖其实也就是《水浒传》中的大小头领与山寨喽啰的区别了。山寨的大头领遇到事情都是这么个反应，级别仅相当于小喽啰的精细鬼、伶俐虫竟能有如此的见识，难道不值得我们赞叹吗？

我们讲了两个小妖在生死存亡之际所做的选择，作为对比，我们也讲了反面的杨志的例子。那么，通过他们的不同，我们能够得到哪些方面的启示呢？

主要有两条：第一，选择很重要，在很多时候，你选择了什么，你就是什么；第二，忠诚可靠是做人最重要的品质，你我都值得拥有。

我们先说第一点：选择的重要性。

究竟什么决定命运？这个问题非常复杂，这里面有个性的原因、有能力的原因，有时代、出身的原因，也有各种偶然性的因素。但有一点是毋庸置疑的：那就是选择的重要性。人的一生其实就是由一次次的选择构成的，这些选择有大有小，但正是这一个个选择勾勒出了你的人生、你的为人。如果我们把人生比作一幅图画的话，你的选择就是绘制你人生之图的一条条曲线。

正因为选择困难症成了流行病，所以市面上就出现了许许多多的书籍和课程，教导你怎样走出选择的困难。不过，有点讽刺的是，这些书籍太多，说法也五花八门，这些帮助我们如何克服选择困难症的书籍和课程，到底应该听谁的，又构成了让我们倍感困难的选择。而所以如此的一个重要原因，就是现在流行的书本、讲座关注的都是细节、都是具体的问题，他们并没有给出价值观、方向方面的建议。这样的建议给得越多，就越容易让人们沉溺在细节之中，弄不好，选择性困难还会变成选择性焦虑，一病未愈，又加一病。怎么办？回答是：回到经典。一部经过时光淘洗的经典，胜过一百本流行读物。比如在人生重大关头如何选择这个问题上，《西游记》中的这两个小妖以及与之形成鲜明对比的《水浒传》中的杨志，就给了我们长足的启示。

人生的选择最重要的就是路向的选择、是非的选择。这靠的不是聪明，而是智慧。聪明和智慧的差别是什么？孟子说得好："是非之心，人皆有之，智之端也。"智慧是判断是非的，聪明是权衡利弊的。是非、路向的选择对了，然后才是细节的问题。以精细鬼和伶俐虫为例，他们一旦做出了"不要走，还回去"的选择，剩下的就是怎么和金角大王、银角大王汇报的问题，然此大选择一旦决定，这两个小妖的底色也就决定了。被大王原谅当然是再好不过；就算是说不过被打死，正像精细鬼说的，也不会"弄得两头不着"，直面后果、勇敢面对自己的过错而死，也好过逃避责任、苟且偷生地活着。反之，像杨志那样，每到重大关头就不敢面对、一走了之，他就算活着，也不过是连自己都鄙视的庸懦之人。在人生是非的选择上，两个小妖可以说是我们的榜样。

再说第二点：忠诚可靠。

在中国，忠诚可靠是最被看重的品德。以《三国演义》中的关羽为例，尽管从前与刘备素不相识，而一旦萍水相逢、桃园结义，从此就与刘备肝胆相照、至死靡它。把关羽的忠诚演绎得淋漓尽致的是他在曹营中的表现。为了得到关羽，曹操是上马一提金、下马一提银；三日一小宴、五日一大宴；高官厚禄、美女名马，无所不用其极。对于曹操的好，关羽当然不能无感于心，而一旦得到兄长的消息，立刻就挂印封金，千里走单骑，回到一无所有的大哥刘备身边。中国历史上英雄人物如群星灿烂，论文韬武略，胜过关云长者何止万千，但为什么被奉为武圣、受到中华民族普遍崇拜的是关云长而不是别人？无他，只为关云长忠义千秋。相反，假如一个人朝三暮四，纵然有吕布那样绝世的武功，也只配被叫作"三姓家奴"。

为什么忠诚可靠如此重要？美国最杰出心理学家之一的乔纳森·海特在《正义之心》一书中为我们做出了阐释。

海特认为，人类有五种最基本的道德感，这就是关爱、公平、权威、忠诚、圣洁。这五种基本的道德感都是内置在人的心灵之中的，它们来自人类的演化，人皆有之。其中，关爱来自人类对婴儿的养育，公平来自奖励合作，忠诚来自打造和维护合作，权威来自向等级化社会的演化，圣洁来自人类对于清洁环境的追求。

人类最基本的道德感只有五种，而忠诚位居其一，足见其重要性。海特为忠诚所找到的进化论依据很容易理解。人类是经过漫长的狩猎时代才逐渐进化到今天的。如果一个人的行动不可预测、变化多端，那么在远古的狩猎或者采集时期，他如果在最关键的时候决定打个盹或者放手不干，那之前的努力就付之东流，会错过马上就要到手的成果，这样的人势必受到人们的排斥与厌恶，他基本上没有可能在部落中生存下来。

而随着时代的演进，忠诚的必要性也没有丝毫的降低，恰恰相反，随着合作的范围越来越大，特别是在今天网络社会生存的时代，这一点更是显得特别重要。在这个互联的时代，我们每个人都是网络协同中的一个节点，你的可靠性越强、越值得信赖，你能够吸引到的链接就会越多，你的价值也就越大。

在明白了忠诚的价值后，精细鬼和伶俐虫的价值也就凸显出来了。他们被悟空骗走法宝后，是冒着被杀掉的危险，将所发生的情况原原本本向金角大王和银角大王做了汇报。这个行动力其实有两点是值得注意的。

第一点，他们回来了。虽然是丢了法宝两手空空，但至少是带回来了非常重要的一个信息，那就是悟空已经逃脱，并且自家的两件重要宝贝已经落入敌手，这对于金、银角大王采取下一步的行动至关重要。

第二点，他们没有说谎。假如他们不是实话实说，而是说宝贝被悟空劈手夺走，那么金角大王和银角大王也不会有任何怀疑，而他们也不会有什么风险：悟空本领高强而名闻天下，小妖又有什么办法？这样看来，两个小妖的能力有问题，但在忠诚可靠方面是没有问题的，这两个小妖能够得到大王的喜欢还是有道理的，两个大王终究还是没有看错人。

本章结束时对大家有两个祝愿：一是愿你在人生的关键时刻都能做出正确的选择；还有就是一句英语俗谚说的："忠诚可靠是更重要的才华。"这是我们普通人唯一可能抓得住的才华，愿你我都能拥有它。

第十一章

车迟大仙：愤怒的代价

今天我们要说的，是虎力、鹿力、羊力三位大仙。这三位大仙本来因为有功于社稷，在车迟国过着养尊处优的日子，悟空和他们本来也无深仇大恨。但就是因为一时的愤怒，遂使一生的名誉乃至身家性命通通化为流水。这样看来，愤怒是极为不好的情绪了。三位大仙的教训值得我们深思。但这只是事情的一个方面。事情的另外一个方面是，大自然从来不会进化出完全无用的东西，假如愤怒只是一种害人的情绪，为什么人类又会进化出这样一种情绪呢？其中的奥妙，也值得我们深思。

车迟国的故事在《西游记》里共占了三回的篇幅。考虑到有些观众对情节可能稍微有些生疏，我们先用最简短的话语把故事梗概做个交代。

按照书中的交代，这车迟国乃是西行路上一个有名的"尊道灭佛"之处。在车迟国，以虎力大仙、鹿力大仙、羊力大仙三位国师为首的道士，受到异乎寻常的尊崇；而以智渊寺和尚为代表的僧人们，则过着水深火热的日子。究其原因，则是因为三年之前车迟国大旱，国王请和尚们祈雨，谁知多少天的经文念过，天空依然万里无云；而三位大仙一出手，立刻就电闪雷鸣、风雨大作。国王痛恨和尚无用，于是就在全国范围内开始了打击、迫害和尚的活动。和尚们披枷带锁发配给道士们做奴仆，服牛马之劳、吃猪狗之食、受贼囚之苦，真真是暗无天日、生不如死。

这车迟国乃是西游的必经之路，所以师徒四人理所当然地在车迟国相遇了。悟空了解到车迟国僧人受到道士的欺负，当天夜里就带着八戒、沙僧大闹三清观，推倒了三清塑像，吃了供奉的食品，还各自撒了一泡尿，骗三位大仙是"圣水"，让他们喝下。受到侮辱的三位道士当然不肯善罢甘休，于是就要求车迟国王还他们一个公道。

正好当时又是春旱，于是国王就简要向师徒四人说明了自己何以崇道灭佛的缘由，并提出让唐僧师徒和道士们分头祈雨，如果唐僧师徒获胜，以往冒犯道士们的行为便既往不咎；如果道士们获胜，则数罪并罚，车迟国便是唐僧师徒西行的最后一站。

悟空欣然应战。虎力大仙先上，祈来了风神、雷公、电母、龙王，正要下雨，被悟空上天拦住了。向各位神仙说明缘由，诸位神仙选择站队悟空，当然虎力大仙的祈雨就失败了。轮到悟空，各位神仙是抡圆了替悟空撑场，天空中的雷声好似摇滚现场，闪电好似灯光秀，雨水好似开了闸的洪水，没多大一会就江河爆满，要不是国王连声要悟空停下，车迟国差点就被水淹了。不但如此，下完雨后，孙悟空还邀请各位神仙在空中停留片刻才各自飞走，搞得国王目瞪口呆，几位大仙灰头土脸。

求雨失败后的大仙们不甘心，请求比赛继续。于是接下来就开始了取经队和大仙队之间的文武两轮比赛。

文比的两个项目是坐禅、隔板猜物。唐僧代表取经队迎战，在悟空的帮助下获胜。

武比的三个项目是剖腹、砍头、下油锅，悟空代表取经队迎战，比赛的结果是三位大仙纷纷毙命，悟空大获全胜。

看到三位心爱的大仙命丧黄泉，车迟国王痛哭流涕。悟空制止了国王的痛哭，告诉他儒教、道教、佛教三教并重，保他风调雨顺、国泰民安。国王接受了悟空的告诫，而后师徒四人离开车迟国，继续西行。

　　说真的，我当年看到三位大仙惨死的时候，真的是替这三位大仙感到惋惜。原因很简单，他们和唐僧师徒路上遇到的那些妖怪真的是有些不一样。他们本来是可以不死的。

　　一般来说，西游路上妖怪被悟空打死无非是三个原因：一是想和唐僧成亲；二是想吃唐僧肉；三是作恶多端，悟空为民除害。而这三条，车迟国的三位大仙都没有触犯。

　　第一条，想和唐僧成亲。这个是女妖才有的想法，三位大仙都是男的，自然不会触犯。

　　第二条，想吃唐僧肉。这三位大仙从头到尾根本就没有半个字提到什么吃唐僧肉能够延寿长生之类的话，所以这个问题也不存在。

　　第三条，作恶多端。这三位大仙也没有，恰恰相反，这三位大仙之所以受到国王的尊敬和重用，是因为三年之前车迟国大旱，是三位大仙求来了一场甘霖，解救了一国的百姓。客观地说，这三位大仙于社稷无害，于苍生有功，就算三位大仙是妖怪，也是难得的好妖怪。

　　那么，是悟空提前就对三位大仙有成见，早就处心积虑置三位大仙于死地吗？也不是。《西游记》中明确交代，悟空最初来到车迟国，听到有如地裂山崩的喊号声，曾驾云观察城中的动静，看到的情形是"祥光隐隐，不见什么凶气纷纷"，也就是说，悟空从一开始就没有认定这个国度里有什么一定要除掉的妖魔。

　　从行文中看，确实有几处说到要"灭了道士"之类的话，但"灭了"在大多数的情况下，只是打击、打败、消灭其气焰的意思，并不是"除掉""杀了"。从头到尾没有一个字提到悟空一定要杀掉这几个大仙，并且，这三位大仙之死，悟空从头到尾都没有自己动过一个手指头，是这三位大仙，一个自赴刑场，让刽子手把自己脑袋割了下来；一个自己动手，把自己的肚皮划开；一个跳进油锅，把自己炸得皮开肉脱，只剩一堆焦枯的骨头。

那么，究竟是什么原因导致了三位大仙之死呢？

回答是：愤怒。是三位大仙自己的怒火，使他们一次次地冲破理智的防线，把自己逼到了必死的境地。有好几次机会，只要几位大仙理性稍存，就不至于丧了性命。

其实，在祈雨这个环节的时候，虎力大仙就应该感觉到自己和悟空之间实力的差距。就算他没有看到天上发生的那一幕——当风婆婆、巽二郎、龙神、雷神等一应众神看到悟空的时候，那种点头哈腰的样子——但就凭人家孙悟空有本事能让这些神仙在雷雨过后停留在车迟国上空，那么悟空的实力就远远不是他们这三个小毛神可以望其项背的。

但几位大仙对此没有丝毫觉察，于是又有了之后的"文比"。在"文比"中，有一个"隔板猜物"的环节。在这个环节中，王后把一套山河社稷袄、乾坤地理裙放到木柜之中，等到打开的时候，一套名贵的衣裙已经被悟空变成了破烂流丢一口钟。

国王问明情况之后，说了一句："御妻请退，寡人知之。"而后自己动手，将一枚鲜桃放在木柜之中。悟空爬进柜子，三口两口就把仙桃啃干净，等到柜门打开的时候，里面仅剩下了一枚桃核。虎力大仙当着国王的面，把一个小道童放在柜子里面，悟空进去，剃掉了小道童的头发，等柜门打开，从柜子里走出来的已经是一个光头的小和尚。

国王也好、王后也好、道士也好，当然知道自己放的究竟是什么东西。自己放的东西在眼皮子底下被人动了手脚，而自己一无所知，这说明什么？只能说明一点，就是对方的本领远远在自己之上。所以，与其说悟空是在和几位大仙玩隔板猜物的游戏，还不如说悟空就是在赤裸裸地耀武扬威。

国王读懂了悟空的潜台词，所以几次三番地劝说几位大仙："国师，休与他赌斗了，让他去罢。寡人亲手藏的仙桃，如今只是一核子。是甚人吃了？想是有神人暗助他也。""这和尚足有鬼神辅佐。怎么道士入柜，就变做和尚？国师啊，让他去罢！"

可惜的是，此时的几位大仙已经被自己的愤怒蒙蔽了理性，文比不胜，居然又提要进行新一轮砍头、剖腹、下油锅的武比。武比第一个出场的是法力最为高强的大师兄虎力大仙，当虎力大仙的脑袋被悟空以毫毛变化的黄狗叼走、大仙连叫三声"头来"而头依然不来，腔子中红光迸出，现原形倒在尘埃里的时候，鹿力大仙和羊力大仙就应该觉察：本领最为高强的大师兄尚且如此，自己的本领怎么可能有把握胜过孙悟空？此时国王又是一番规劝，奈何斗急了眼的两位大仙不为所动，结果最终白白送了性命。

所以，在某种意义上，这三个大仙给我们上了明明白白的一课，这一课的名字就叫作"愤怒的代价"。他们清晰地为我们展示了愤怒的情绪是怎样以一种疯狂的力量，冲破了理性的约束，最终付出了生命的代价。

其实，在《西游记》中，作者给我们讲愤怒带来的危害，绝不仅仅是车迟国这一处。认真翻阅《西游记》就会发现，其实很多地方都在说愤怒给我们带来的麻烦。比如牛魔王。在《西游记》里，牛魔王本来堪称最为逍遥自在的一个魔头。他家大业大，法力高强，朋友遍天下，还有娇妻美妾爱子，但就因为在红孩儿的问题上和悟空结下了没必要的梁子，争一口毫无必要的闲气，就站在了悟空其实也就是如来取经大业的对立面。

从理性上讲，牛魔王难道不知道悟空所说的红孩儿现在跟着观世音做善财童子，享受着无极大道，有着光明前途的道理？他是明白的。他那句"害子之情，被你说过"，其实也就说明他实际上是认同悟空的说法的。但因为两年来对悟空的习惯性愤怒，也就是这股无名的"气"作祟的缘故，无论悟空怎样低三下四地乞求，他就是不肯把扇子借给孙悟空。而随着情节的进展、与悟空矛盾的加深，牛魔王的这口"气"也就越发地膨胀到不惜毁灭自己的程度。斗气的结果是偌大的家产化为乌有，妻离子散，还牵连着把爱妾一家都卷入纷争，命丧黄泉。

因为愤怒而给自己带来麻烦的，还不仅限于像车迟国大仙、牛魔王这样的魔头。即使取经团队内部，也不止一次因为愤怒而给团队带来麻烦。比如孙悟空在五庄观，就是因为忍受不了清风、明月两个童子的痛骂，冲冠一怒，把镇元大仙的人参果树推倒。又比如唐僧，也因为愤怒而两次将悟空逐出取经队伍，给取经事业造成了很大的麻烦。《西游记》中，有一句反复出现、堪称主旋律的话，叫作"心生种种魔生，心灭种种魔灭"，这"种种魔"，包括西行路上遇到的种种妖魔，更包括由外界的刺激而产生的种种"心魔"，而在种种"心魔"之中，愤怒无疑是最狂野难驯的魔头之一。

从《西游记》扩而大之，其实包括整个明清通俗文学，都对"气"、也就是愤怒提出了警示。对于导致人生失败的原因，中国人喜欢将其归结为四点，即所谓"酒""色""财""气"，它们被称为"人生四戒"，认为如果对它们处理不好的话，就会给人带来极大的祸患。对于以"酒""色""财""气"为代表的欲望人生的思考，是中国通俗文艺作品极其重要的一个话题，特别是明代中晚期以后，随着商品经济的发展、社会财富的积累，人们的物欲、色欲日见其盛，造成的社会问题日见其重，对这一问题反思的作品也就日见其多。

翻看明代的文学作品，特别是通俗文艺作品中，你到处都会看到对"酒""色""财""气"要时刻加以提防的谆谆告诫，如："酒色财气四堵墙，人人都在里边藏。谁能跳出圈外头，不活百岁寿也长。""酒是断肠的毒药，色是惹祸的根苗。财是下山的猛虎，气是杀人的钢刀。"你看，"气"也就是愤怒，是被放在压轴的位置上出现的，可见古人对它的重视。

再扩而大之，你会发现，对愤怒进行描写、反思，也是世界性的话题。比如《荷马史诗》，特别是其中的《伊利亚特》，其核心就是"阿喀琉斯的愤怒"。阿喀琉斯因为和希腊联军主帅阿伽门农争夺一个美丽女战俘，他怒火中烧而退出战斗，不但导致了联军的失利，还导致了自己最好的朋友的惨死；因为朋友之死带来的愤怒，他残酷而丧失理智地将对方主帅的尸体拖在战车后面奔跑，这就引起了天神的愤怒，最终也使得自己死于天神的惩罚。而基督教的《圣经》也把愤怒作为人类的"七宗罪"之一。从这些跨越东西的经典名著对于愤怒的描写中，我们不难看出，无论中外，对于愤怒带来的危害，人们都是有所反思的，认为它是一种非常危险的破坏性力量。如果不加约束，就会给人们带来难以预料的危害。

看到这里，我想大家除了感知到"愤怒"是一种破坏力非常大的情绪力量之外，也会升起一丝困惑：既然愤怒如此有害，那人类为什么还会有这种有害的情绪呢？

我的回答是：愤怒来源于进化，而且它也未必全然不好。

以进化的眼光来看，大自然是最好的设计师，进化中出现的一切东西都不会是完全无用的。人类是从动物进化来的，而对于动物来说，愤怒乃是重要的生存策略之一。愤怒会使自己变得可怕，表现出一种狂野的力量和不惜与敌人同归于尽的态度，这种态度往往会使得猎食者不得不考虑捕食对方的代价——自己有很大的概率受伤，而对于自然界的动物来说，受伤的代价是惨重的，哪怕是破了一块皮都很可能导致感染而死去。在这种情况下，假如不是特别饥饿，猎食者有很大的概率会放弃眼前的猎物。在漫长的丛林时代，愤怒其实是一种很有用的情绪，对个体的生存起到很积极的作用。

我们在学生时代都学过屠格涅夫的散文诗《麻雀》，它展现的其实就是愤怒的力量。

这篇散文诗说的是作者带着他的狗在树林中散步，这时——

　　我顺着林荫路望去，看见了一只嘴边还带黄色、头上生着柔毛的小麻雀，它从巢里跌落下来（风猛烈地吹动着林荫路上的白桦树），呆呆地伏在地上，孤苦无援地张开两只刚刚长出羽毛的小翅膀。

我的狗慢慢地逼近它。忽然，从附近一棵树上扑下一只黑胸脯的老麻雀，像一颗石子似地落在狗的嘴脸眼前——它全身倒竖着羽毛，惊惶万状，发出绝望、凄惨的吱吱喳喳叫声，两次向露出牙齿、大张着的狗嘴边跳扑前去。

它是猛扑下来救护的，它以自己的躯体掩护着自己的幼儿……可是，由于恐怖，它整个小小的躯体都在颤抖，它那小小的叫声变得粗暴嘶哑了，它吓呆了，它在牺牲自己了！

在它看来，狗该是个多么庞大的怪物啊！然而，它还是不愿站定在自己高高的、安全的树枝上……

一种比它的意志更强大的力量，使它从那儿扑下身来。

我的特列左尔站住了，向后退下来……看来，它也承认了这种力量。

屠格涅夫说这只麻雀的表现是"恐惧"，但实际上，明眼人一看就知道，这种麻雀的表现是典型的"愤怒"。而麻雀的表现也很好地说明了愤怒的作用。屠格涅夫的《麻雀》正是对"愤怒"的自然界机制的最完美的证明：是愤怒拯救了老鸟的孩子以及它自己。

人类也是自然之子，愤怒的产生机制是一样一样的。在千百年的进化中，会愤怒的动物比完全不会愤怒的动物在某些极端的情况下会有较大的生存优势，所以，愤怒这种情绪就被保留下来了，它是人类在几十万年的丛林生活中，为了自我保护而进化出来的一种处理问题的决策机制。但随着人类社会文明程度的提高，社会变得越来越复杂，人与人之间的接触变得越来越密切，在一个对于协作度要求很高的环境里，愤怒就成了一种被评价为偏向负面的情绪。

我想，通过对《西游记》中车迟国几位大仙以及由此而引申的中外名著中关于愤怒的描写，同时对愤怒情绪的溯源和分析，我们可以得到以下几点启发：

首先，这世界上很多东西都很难有绝对的优劣之分。即使是愤怒这种总体评价为负面的情绪，也不能一棍子打死。在有些时候，比如当我们受到不公正的待遇，当我们目睹公德、良俗被破坏的时候，愤怒又可能是最好的反应，依然有其不可替代的功能。

以色列学者、希伯来大学理性研究中心的埃亚尔教授在其《狡猾的情感》一书中就认为，在很多场合，愤怒还是有其价值，能起到很大的作用。他举了一个例子，假如你在机场等飞机，结果航班延误了，如果航空公司的人告诉你等着，也不说几点能飞，又不给安排住宿的地方，绝大多数的人都会很愤怒，会去找航空公司的人吵架。你和航空公司这么一吵，他们马上给你安排住宿，给你吃的，给你提供很多帮助。其中一个重要的原因就是你愤怒了，你发火了。这种情况，相信我们在日常生活中都经历过。有些时候，我们在自己受到不应有的冒犯，出于自我保护的目的，或者遇到一些公共道德、社会良俗受到挑战的时候，出于更高尚的道德动机，愤怒可能是最好的反应。在这样的情境下，愤怒不仅可以震慑对方，有时还可以促成有效的沟通，甚至还可以作为凝聚公众的力量、维护正义的工具。列宁说"具体问题具体分析，是马克思主义活的灵魂"，对于愤怒，也要看场合、看时间，不可一概而论。

其次，愤怒毕竟是一种过激的反应，它往往伴随着理性的短暂丧失，带来不好的后果，所以如果无必要，最好能够控制自己的愤怒。这一点在今天显得特别重要，因为随着生活节奏的加快、生存压力的增加，我们举目所见、侧耳所闻，不必要的愤怒实在是太多了——上街你会看到一言不合就开打的"路怒症患者"，上网你会看到一言不合就开骂的"网怒症患者"，无论虚拟世界还是现实世界，人们的火气似乎都很大。那么怎样才能控制自己的愤怒呢？ 在我看来，关键就是要有明确的愤怒管理意识，当无谓的愤怒来临时，不要放任这种情绪的肆意流淌。而管理愤怒情绪，又有两个关键点：

一是要使自己具有阔大的心胸。比如韩信面对挑衅自己的小混混，之所以忍住愤怒从他的胯下钻了过去，是因为自己有比争当时那一点面子更重要的事情。假如控制不住自己的怒火，真地杀了那个混混，自己的一生也就完了；比如张良面对把鞋故意甩到桥底下而让自己把鞋捡起来还给他的老人，假如张良出于愤怒，暗自骂一句"这老不死的东西"，一顿拳头把老人打死或打残，一生的功业恐怕也就化为流水了。

我建议，每当遇到要发火的时候，就默念苏东坡《留侯论》里的那段话："古之所谓豪杰之士，必有过人之节。人情有所不能忍者，匹夫见辱，拔剑而起，挺身而斗，此不足为勇也。天下有大勇者，卒然临之而不惊，无故加之而不怒，此其所挟者甚大，而其志甚远也。"——我们普通人一旦被侮辱，自然就会愤怒，拔出宝剑就要和人玩命，但这根本就算不得真的勇敢。真的勇士是什么样呢？他突然遭受打击而不会惊恐，无故被羞辱而不会愤怒。为什么会如此呢？就是因为他们的志向远大，这些小事根本就不足以干扰到他们的情绪。

假如你没有那么远大的志向呢？那就要注意第二个关键之点了：认识到愤怒的本质——一旦你认识到愤怒的本质，在大多数情况下，你也就愤怒不起来了。现代心理学家认为，愤怒其实也是恐惧，二者都来源于感觉自己的边界被侵犯。你的边界被挑战，你觉得自己的力量大于对方，于是你就愤怒了，你觉得自己的力量小于对方，你就恐惧了。打个有点"诛心"的比方，就像一条狗的领地被冒犯，假如来的是另外一条狗，那条狗就会愤怒；假如来的是一头狮子，则那条狗就恐惧。在现实生活中，很多所谓的愤怒其实都是在内心中不断计算力量对比后的反应。这样一分析，假如你的愤怒对象是一个比你强大得多的人，那么你就是一个不知深浅的愚蠢妄人；假如你的愤怒对象是一个不如你强大的人，那么你的愤怒就是所谓"见了怂人压不住火"，是欺软怕硬，也没什么意思。

　　我为什么说这两点是控制愤怒的关键之点呢？原因很简单：人是追求意义的动物，一旦意识到行动的无意义，则行动就失去了动机，这才是所谓"釜底抽薪"，是治本的方法。当然，除了这两点治本之法外，你还需要一些心理医生教的一些治标的小技巧，比如数数、深呼吸、想象愤怒发作之后的可怕后果，等等。这样标本兼治，一段时间之后，你就会成为一个崭新的、令自己更加满意的自己。

第十二章

牛魔王：无谓的固执

这一章我们来说牛魔王。

说到牛魔王,绝大多数人凭直觉就能感到他和其他妖怪不一样。《西游记》路上的妖怪大多如空中绽放的烟花,一次划过夜空基本就不再出现。但牛魔王不同。从降服红孩儿开始,到与如意真仙的冲突,到三借芭蕉扇,他的身影一直是若隐若现,贯穿了作品的大部。在这些相关的内容中,牛魔王对悟空这个结义兄弟的误解与成见,以及由此而带来的怨愤与仇恨也在逐渐积累。等到两兄弟终于相见的时候,牛魔王积累的旧恨新仇,已经到了填满胸臆的程度了。

面对悟空的解释,牛魔王不为所动;面对悟空的请求,牛魔王置之不理。正是这种固执的态度,逼得悟空不得不撕破兄弟之间的情面,而以刀兵相见。冲突的后果是牛魔王妻离子散、家破人亡。牛魔王的故事从反面告诉我们固执的无谓与危害;理性面对、寻求化解,才是面对仇怨的最好态度。

在《西游记》中,孙悟空与牛魔王一家总共有四次交集。

第一次交集是在孙悟空的花果山时代。那时,孙悟空从三星洞学艺归来,杀死了混世魔王,抢来了大量兵器,又从东海龙宫得了如意金箍棒,将一座花果山营造得如同铜墙铁壁一般。待一切进入正轨,悟空就把权力下放,日常的事务都交给手下的马、流、崩、芭四健将去维持,自己则驾起筋斗云,每天腾云驾雾，遨游三山五岳，结交天下群魔。

　　在悟空所结交的那些魔头中，有六个和他特别谈得来，他们分别是牛魔王、蛟魔王、鹏魔王、狮驼王、猕猴王、禺狨王，因为关系很好，后来就干脆结拜了兄弟，老大就是牛魔王，悟空排行第七。再到后来，孙悟空在独角鬼王的建议下做了齐天大圣，其他几个魔头也都水涨船高地做起了"大圣"，而牛魔王给自己起的称号，就叫作"平天大圣"。

　　悟空自号"齐天大圣"的结果是梦想成真——在太白金星的主张下，玉皇大帝将孙悟空宣上天界，给了他个有官无禄的虚衔。但其他几个兄弟也许是当时喝酒的时候头脑一热，回去以后并没有像悟空一样高调地竖起一面"XX大圣"的旗帜，所以也就并没有引起天界的注意。这几个兄弟，在孙悟空后来大闹天宫之后就失去了联系，几百年间，相互间就再也没有彼此的信息了。

　　孙悟空与牛魔王家族的第二次交集，是因为牛魔王的儿子红孩儿，时间是西游五年的秋尽冬初。

　　红孩儿欲吃唐僧肉，于是假扮作一个七岁儿童的样子，骗得了唐僧的同情，趁便将唐僧劫回洞府。悟空从当方土地处打听得红孩儿是牛魔王之子，以师叔之名讨还唐僧，结果被红孩儿以三昧真火逼退；悟空找来四海龙王灭火，但红孩儿的三昧真火遇水反而更旺，烟气蒸腾，几乎将悟空熏死。

　　悟空向观音菩萨求救，菩萨以净瓶装了半海之水，又向李天王借来三十六把天罡刀，变作莲台，腾身莲台之上，随悟空欣然前往。她先以净瓶水浇灌号山，预先破了红孩儿的三昧真火；当红孩儿不知死活地端起火尖枪刺向观音的时候，观音便闪在空中，那座由天罡刀变成的莲台就留在了地上。待红孩儿坐到了莲台中间，一座莲台顷刻间变成三十六把尖刀，红孩儿就坐在刀尖之上。观音命木叉用降魔杵打天罡刀的刀柄，刀尖随即从红孩儿的两腿穿出。红孩儿咬牙忍痛，动手拔刀，观音又将天罡刀变作倒须钩，如狼牙般勾住红孩儿的双腿。红孩儿哀告求饶，表示情愿入门修行。但观音刚刚退下天罡刀，红孩儿就再次野性发作，端枪刺向观音。观音侧身躲过，掏出一个金箍儿，迎风一晃，变作五个，套在红孩儿的脖子和手脚上，随即开始念咒。这一次，红孩儿才算是彻底降服了。而后观音又将红孩儿的双手合在一起，用观音的话说，就是这红孩儿虽已降服，但野心未定，要教他一步一拜，直到落伽山上，才能收法。

我为什么对观音降服红孩儿的细节叙述得如此详细？因为这一点十分关键。号山上的小妖势必不能一个不留地全部打死，当这些小妖把红孩儿被降服的那惊心动魄一幕转述给牛魔王以及铁扇公主的时候，老牛与铁扇公主必定是心疼得肝肠寸断。

红孩儿事件是牛魔王一家与孙悟空结怨的开始，也是牛魔王一家怨恨悟空的核心所在。

悟空与牛魔王一家的第三次交集是在女儿国，时间是西游八年的春天。当时唐僧和八戒误喝了子母河的水，所以意外怀孕。要解除胎气，唯一的办法就是喝一口落胎泉的泉水。本来这落胎泉的泉水是自由取用的，但后来被牛魔王的弟弟如意真仙占了，盖了一座聚仙庵，坐地收钱。悟空来到聚仙庵讨要泉水，如意真仙不但拒绝了悟空的要求，还要找他寻仇。悟空再三解释，但牛如意根本就听不进去，他断然喝止了悟空，说我就问你一句：我侄子是自在为王的好，还是给人当奴仆的好？你不要胡说八道了，吃我一钩吧。

当然，牛如意的愤怒基本上是没有意义的：他的实力是太弱了。他虽然用钩子勾腿的方式一度把专心打水的孙悟空接连勾了好几个跟头，但随着悟空采用了沙僧打水、自己抵挡牛如意的新战略，他也就只能看着沙僧把水打走而无可奈何了。

落胎泉的水是打上来了，唐僧与八戒的胎也打下去了，但牛氏一门与悟空之间的仇怨却是越结越深了。

　　悟空与牛魔王一家的第四次也是最后一次交集是在火焰山，时间是西游九年的秋天。唐僧师徒来到火焰山，无法通过，询问当地居民，得知只有从翠云山铁扇公主处借得芭蕉扇才可以暂时熄灭火焰，通过此地。如果说在西游路上的前两次交集是悟空与牛魔王的"旧恨"，那么这次交集，带来的就是所谓"新仇"。

　　为了得到芭蕉扇，悟空又做了几件在牛魔王看来"是可忍孰不可忍"的事情：在翠屏山，他变做蟭蟟虫，趁着铁扇公主喝茶的机会钻进了她的肚子里，一通折腾，几乎把铁扇公主疼死；在积雷山摩云洞，拿出金箍棒吓唬玉面狐狸一通，让自己的爱妾花容失色；特别是趁着自己在碧波潭老龙处喝酒，孙悟空竟然偷了自己的避水金睛兽，变化做自己的样子跑到铁扇公主处，将芭蕉扇骗到手中——当然，没等孙悟空回到火焰山，牛魔王就抄近路赶上悟空，变做猪八戒的样子将芭蕉扇骗了回来——不过，扇子虽然没丢，但面子是确实难看。

　　这些事情也加深了老牛对悟空的不满，用牛魔王对前来劝说他及早将扇子借给悟空的火焰山土地爷的话说就是："那泼猴夺我子，欺我妾，骗我妻，番番无道，我恨不得囫囵吞下，化作大便喂狗，怎么肯将宝贝借他！"

　　事情发展到这个地步，除了武力，已经没有任何其他的解决方式了。这一场恶斗在整部《西游记》中堪称首屈一指，卷入的人员之多、各方势力之复杂，也就当初孙悟空大闹天宫时与小圣二郎神之间的那场恶斗可以与之相提并论。

　　战斗的最初阶段是牛魔王与孙悟空的较量武艺，两个人打了有一天的时间，仍未分出高下。随后，八戒、金头揭谛、六甲六丁、一十八位护教伽蓝以及火焰山的土地也加入战斗。牛魔王抵挡不住，想要逃跑，却发现满天的神仙已经布好了天罗地网：往北走，是泼法金刚；往南走，是胜至金

刚；往东走，是大力金刚；往西走，是永住金刚；往上走，则是托塔李天王、
哪吒太子。这些佛兵天将，分别奉了如来和玉帝的旨意，前来捉拿牛魔王。
战斗的最终结果是牛魔王无路可走，情愿归顺佛门；铁扇公主一身缟素，将
芭蕉扇献给悟空。

牛魔王的遭遇令人不胜叹息。

本来，在整部《西游记》中所出现的三十多个大妖怪当中，牛魔王的日
子过得是最为逍遥的。

他法力高强。这一点无需多说，看他与悟空的打斗、以及为了降服他而
出动的满天神仙就可以知道。

他有贤妻美妾娇儿，家庭生活丰富多彩。妻子铁扇公主虽然姿色平常[①]，
但品质却十分过硬；小妾玉面狐狸，则是意态妖娆，美丽无比；儿子牛圣婴，
相貌俊美，本领高强，孝顺父母。

他家族势力庞大。牛魔王的妻子罗刹女守着一座火焰山，只要摇一摇手
中的芭蕉扇，财源就滚滚而来；牛魔王的弟弟牛如意霸占了落胎泉，一盏落
胎泉水竟然要卖到"花红表里、羊酒果盘"的高价；牛魔王的儿子红孩儿
掌控着六百里号山，驱使着当方的山神土地为自己卖力；就是他的小妾玉
面公主，虽然最大的本领就是卖俏撒娇，但手中有百万家财，手下有百十
号骁勇善战的小妖，势力也是不小。

他社会关系广泛。在很早以前，他曾经和孙悟空等一共七个魔头结为兄
弟。猪八戒在福陵山、沙和尚在流沙河做妖怪吃人的时候，牛魔王也曾经

---

①有人说铁扇公主应该相貌还不错，依据就是铁扇公主又叫罗刹女，而按照佛经中的
相关记载，罗刹有男有女，男罗刹相貌丑恶，而女罗刹则相貌极美。但我们评价《西游记》
中的人物，则当然就应以《西游记》的文本作为依据。我说铁扇公主相貌平平是有依据的，
因为作品写孙悟空见到玉面公主后，用了很长的文字来形容玉面公主之美；但写见到铁扇公
主，却没有一句话正面描述其相貌。无论是玉面公主还是罗刹女，都是作者借悟空之眼看到
的，作品对玉面公主的容貌极尽赞美而对罗刹女的容貌未置一词，可见罗刹女的相貌极其
平常。

拜会过他们，和他们都是旧相识。最近一段时间，他又和碧波潭的万圣老龙以及老龙的驸马九头虫打得火热。在整部《西游记》中，交游如此广泛、朋友如此众多的妖怪，只有牛魔王一个。

但牛魔王的幸福生活，最终却毁在了自己的手中。那么，到底是什么原因，导致了牛魔王幸福生活的终结？

回答是：牛魔王一家特别是牛魔王本人的固执己见。

因为牛魔王一家与悟空结怨的根本原因是红孩儿事件，所以我们就需要理一理在这一事件中悟空与红孩儿的是非曲直。

在悟空看来，个中是非曲直不言自明：要不是红孩儿一定要吃唐僧肉，悟空怎么会与之为敌？再说，一知道红孩儿的身份，自己也曾经上门，希望用攀交情的方式让他交出唐僧，是红孩儿的一力拒绝才逼得自己不得不到处搬救兵，最后是观音菩萨以雷霆手段将红孩儿驯服。

观音收服的手段或者有些残忍，但最终的结果其实也还是不错的——就凭红孩儿那乖张的性格，几乎可以肯定，他给自己以及他的牛魔王老爸引来麻烦是迟早的事。（你想，他把当方的土地当奴才使唤，这是赤裸裸地蔑视天庭的基层政权组织，还能有好果子吃吗？）

是观音的雷霆手段与菩萨心肠，使红孩儿的性格特征发生了根本性的转变。天罡刀穿腿，是给红孩儿的杀威棒；金箍儿套头，是给他必要的约束；一步一拜到南海，是对他野性的消磨。加上到身边以后观音对他的谆谆教导，红孩儿遂逐渐发生了脱胎换骨的变化。

如在"灵感大王"事件中，悟空到南海去见观音，善财童子就和守山大神等一批人去迎接悟空，见到悟空后还特别上前施礼，说如今在菩萨身边，早晚不离左右，蒙菩萨耳提面命，朝夕教诲，自感收获甚大，这一切都多亏了大圣啊。从红孩儿的谈吐中我们不难感受到，从前那个孤僻乖张的魔二代已经变成了一个彬彬有礼的模范少年了。至于前途那就更不用说了，用悟空对牛魔王说的话就是，他在菩萨门下，享极乐之门堂，受逍遥之永寿，比起做妖怪来自然要好上不知道多少倍了。

但就是这样一件在悟空看来是天大的一件好事，却招致了牛魔王一家的刻骨仇恨，并且任悟空怎么解释，他们就是固执己见，不肯接受。在落胎泉见到牛如意，当悟空说出"如今令侄得了好处，现随着观音菩萨做了善财童子，我等尚且不如，怎么反怪我也"的时候，牛如意的回答是："这泼猢狲还弄巧舌！我舍侄还是自在为王好，还是与人为奴好？不得无礼，吃我这一钩！"等到了翠屏山见了铁扇公主，悟空把差不多的一通话又说给铁扇公主的时候，铁扇公主的回答是："你这个巧嘴的泼猴！我那儿虽不伤命，再怎生得到我的跟前，几时能见一面？"见到牛魔王，牛魔王劈头的一句话也是："我闻你闹了天宫，被佛祖降压在五行山下，近解脱天灾，保护唐僧西天见佛求经，怎么在号山枯松涧火云洞把我小儿牛圣婴害了？"

世界上的许多事情都是如此，问题的症结并不出在事件本身，而出在对问题的不同看法上。悟空与牛王一家，哪一方的意见是正确的，我们就来分析一番。

其实，这种对待同一事物而存在着价值判断差异的现象，无论是对待历史问题还是对待现实问题，都是一种非常普遍的存在，就像庄子所说的"此亦一是非，彼亦一是非""自其异者视之，肝胆楚越也"。举个简单的例子，在《红楼梦》里，多数人都艳羡元春的入宫，以为这是人间荣华富贵的极致，而元春自己则把皇宫说成是"见不得人的地方"，这之间的差距该有多大？

对于类似的问题，我的理解是，作为旁观者，只要你的立场不违背基本的伦理道德，那么无论你做出怎样的判断，都无所谓绝对的正确与错误。最重要的是当事人的态度，因为究竟当事人感觉如何，那是如人饮水，冷暖自知。

正是出于这个原因，我的选择是站在悟空的一边。红孩儿虽然最初跟从观音是出于强迫，但越到后来就越觉得这才是自己想要的生活。既然红孩儿本人都感谢孙悟空了，那么，牛魔王也好，牛如意也好，铁扇公主也好，其怨怒愤恨岂不是完全多此一举？

尤其可悲的是这个家族的灵魂人物牛魔王。假如他也和牛如意、铁扇公主一样蠢也就罢了，因为蠢而招致麻烦以至于毁灭，那也真是没有办法的事情。但他不是。他原来确实认为是孙悟空害了红孩儿，但当见到孙悟空，听他说了一通："长兄勿得误怪小弟。当时令郎捉住吾师，要食其肉，小弟近他不得。幸观音菩萨欲救我师，劝他归正。现今做了善财童子，比兄长还高，享极乐之门堂，受逍遥之永寿，有何不美，反怪我耶？"他说了一句："害子之情，被你说过。"这说明什么？说明面对悟空的话语，他无力反驳；说明他在理性上对悟空的解释也是认同的。但理屈词穷的牛魔王不但不幡然改过，相反却立刻又拿出悟空欺负了铁扇公主、玉面公主的托词，就是固执地不肯把扇子借给悟空，这就直接把自己放在了与如来的取经大业作对的危险立场上。

老牛确实是条汉子。面对悟空、八戒以及满天的佛兵天将，老牛把芭蕉扇交给罗刹女，就又要出去赌斗。罗刹女把扇子接在手中，泪流满面，说大王啊，把扇子给那猴子，让他退兵吧。牛魔王说什么？他说夫人啊，这东西虽小，但这口气我实在是咽不下，接着就重整披挂走了出去。

对冲出洞口的后果，老牛未尝不明白：一个孙悟空已经与他旗鼓相当，更何况外边还有满天的神仙？他实际上是抱着必死的心走出洞口。单看牛魔王走出芭蕉洞的这一幕，还真有点"风萧萧兮易水寒，壮士一去兮不复还"的悲壮意味，但联想到这勇敢与决绝背后的无意义，以及由此而带来的玉面公主全家被杀、昔日兄弟反目成仇的严重后果，这一幕其实也就只能用"悲催"来形容。

作为《西游记》中唯一一个几乎贯穿始终的妖魔家族，老牛一家的故事能够带给我们的启示是很多的。

　　比如这座给悟空带来无数麻烦的火焰山，竟然是孙悟空当年大闹天宫时从八卦炉逃出时蹬落的几块砖头。这几块砖头带着火下去，就成了今天横在眼前、阻住了今天西行去路的火焰山。这也暗示着，今天我们遇到的很多问题，很可能都是当年自己在有心无心之间留下的隐患。

　　比如罗刹女，她是深爱着自己的儿子的，但我们却并不能因此就说她是一个合格的母亲。在罗刹女看来，世界上最重要的事情就是能够和儿子时常团聚，满足母爱的需要竟然比儿子的前途更加重要，在这个意义上，她虽然是个神仙，却还远远比不上《触龙说赵太后》里那个人间女子赵太后，因为赵太后深深地明白"父母之爱子，则为之计深远"的道理，所以当齐国提出要她的儿子长安君做人质时，尽管她深爱着自己的儿子，但为了长安君的前途，还是听从了触龙的劝说而把儿子送到齐国。罗刹女的教训值得天下的母亲三思。

　　最大的启示是让我们看到了固执己见的代价。牛王一家当然是作者虚构出来的人物，但这家人所犯的错误却是在生活中极为常见的。我们经常出于自己狭隘保守的观念，先入为主地对一些人和事进行判断，并因此而导致很大的麻烦；甚至在很多时候，明明在理性上已经知道是自己错了，并且也约略知道将错误坚持下去所可能导致的严重后果，但就是不肯低下他们倔强的头颅。

　　那么，为什么固执如此有害，但却如此普遍地存在于我们周围呢？心理学家已经为我们找到了答案，这就是出于"自我防御"的心理机制。人们在感受到威胁的时候，就会出于本能地进行自我防御，以此避开危险，减轻痛苦，"固执"就是自我防御的手段之一。

　　它的作用机制大致是这样的：当自己一向坚持的东西被告知是错误的，假如承认了自己的错误，那么就会陷入难堪和尴尬，而难堪、尴尬无疑是对自己不利的生存境地；为了避免这种难堪和尴尬，当事人就会出于本能地捍卫自己的观点。

以牛魔王本人而论，自从他知道红孩儿被悟空请来的观音菩萨所降服，就每天生活在对悟空的仇恨之中；他的家族成员几次与悟空发生关联，态度都是极其粗暴而不友好。现在悟空来到自己的面前，讲出了事情的原委，假如自己接受了悟空的说辞，岂不是承认了自己这几年与悟空的敌对做法其实都是出于目光短浅的无理取闹？这又让自己这个法力高强、名满江湖的大魔头情何以堪呢？

但无谓固执的结果又是什么呢？我们都清楚地看到了：那就是自己幸福生活的终结乃至爱妾一家的惨死。

《西游记》是数百年前的作品，但其意义在今天更为显著。这是因为，在社交媒体对人际互动影响越来越大的今天，我们的生活越来越"部落化"，很容易只与自己观点相近的人交流，这就比以往任何时候都越来越容易陷入自己的成见并固执己见。在这时候，回到经典，聆听古人的智慧，对我们更有好处。

真正的勇敢不是固执己见，而是接纳差异。让自己能够接受另一种观点的影响，这需要真正的勇气。敞开怀抱去接受别人的信念，不要害怕被他们的正确观点说服。

第十三章

哪吒：孝文化中的异数

　　在《西游记》中，哪吒出现的次数极多。他是托塔天王李靖的三儿子，同时也是李靖帐下最得力的战将。中国有句俗话，叫作"打虎莫过亲兄弟，上阵还须父子兵"，天庭每次发兵降妖除魔，基本上都少不了这对父子。不过，这只是事情的一个方面。事情的另一个方面是，他们曾经反目成仇，哪吒甚至端着火尖枪追逐李靖，几乎将李靖置于死地。

　　我们知道，孝道在中国是极被看重的，哪吒的行径无疑是大逆不道。但令人奇怪的是，自《西游记》问世以来，哪吒却从未背负骂名；而且在《西游记》的人物中，后世围绕哪吒改编的戏剧、影视作品的数量，要超过除了孙悟空之外的其他所有角色。这中间到底暗藏着怎样的奥秘？这一对父子的恩怨对于今天的父子关系，又能带来怎样的启示？

　　哪吒在《西游记》中的第一次露面是在第四回。当时孙悟空本来在御马监当弼马温，偶然与同僚喝酒聊天，问到弼马温是几品官职，同僚回答说是"未入流"。悟空的自尊心受到极大伤害，于是反下天庭，在花果山上扯了一面旗帜，上写"齐天大圣"四字。消息传到玉帝耳中，玉帝准备派天兵下界镇压，这时从班部中即闪出托塔天王李靖与哪吒父子，自告奋勇，请命下界。玉帝大喜，随即封李靖为降魔大元帅，封哪吒为三坛海会大神，即刻兴兵下界，捉拿悟空。

也就是在这一次下界与悟空交手的时候，我们第一次见识了哪吒的相貌，也见识了他的武功。书中写他的形容相貌是"总角才遮囟，披毛未苦肩"：脑袋前边的头发扎成两个小犄角，后面的头发披散在肩上。标准的少年儿童打扮。不过，哪吒虽然看起来是少年，但武艺却十分高强，与悟空打斗了三十多个回合，双方不分胜负，要不是悟空拔下一根毫毛变做自己的假身与哪吒相持，自己的真身跑到哪吒身后一棒子打伤了他的胳膊，这一场战斗还不知要打到什么时候。

此后，哪吒又曾多次和托塔天王一起被玉皇大帝派下天界。当孙悟空是一只妖怪的时候爷俩儿就一起打孙悟空；当孙悟空改邪归正保唐僧取经时爷俩儿就帮孙悟空一起打妖怪。

这种和谐的印象一直到延续到第八十三回，一件突然发生的事情使得那种和谐的印象变得复杂起来。

那是在西游十三年的清明前后，唐僧在陷空山无底洞被锦毛老鼠精捉去逼迫成亲。悟空第一次下洞将唐僧救回，没想到刚救出洞，唐僧就又被老鼠精夺回；第二次再下洞的时候，老鼠精已经带着全洞大小老鼠在一个非常僻静的小洞之中藏好，踪迹皆无。正当悟空一筹莫展之际，忽然发现无底洞的香案上供着两个牌位，一个牌子上写着"尊父李天王之位"，另一个牌子上写着"尊兄哪吒三太子之位"。悟空一看这两个牌子，顿时如获至宝，拿着牌子就来到天庭，状告托塔李天王纵容女儿下界，逼迫唐僧成亲，阻拦如来的取经大业。玉帝准奏，让太白金星带着孙悟空，到托塔天王李靖家里去讨个公道。

托塔天王李靖一听悟空的诉讼，顿时气不打一处来。原来这托塔天王有三个儿子，一个女儿。这三个儿子分别是金吒、木吒、哪吒，一个女儿叫作贞英，年方七岁。用李靖自己的话说，人事尚未省得，怎么会做妖精，还是勾引男人的那种妖精？

恼怒万分的李靖喝令左右将孙悟空捆了，自己拿过砍妖刀，就准备往孙悟空的脑袋上砍。

就在此时，那哪吒三太子赶上前来，抽出斩妖剑，将李靖的砍妖刀挡住，说了声："父王息怒。"

下面要注意了。

那李靖见哪吒用斩妖剑挡住自己的砍妖刀，顿时大惊失色。作者在这里用了个感叹词"噫"，以及一个反问句，"父见子以剑架刀，就当喝退，怎么反大惊失色？"接着就为我们解开了谜团。

按照书中的说法，这个哪吒在出生的时候，左手掌上有个"哪"字，右手掌上有个"吒"字，所以取名叫"哪吒"。哪吒生下来三天后下海洗澡闯下大祸，踏倒水晶宫，捉住蛟龙，要抽蛟龙的筋做腰带。李靖知道后，那反应不是像《老炮儿》里的六爷说的"他惹的事他圆，他圆不了的他爹圆"，而是唯恐哪吒长大后还会惹事，当即就要杀掉哪吒，以绝后患。

哪吒非常愤怒，于是拿刀在手，割肉还母，剔骨还父，一点灵魂径直来到如来面前倾诉。当时如来正在西方世界给诸位菩萨讲经说法，听了哪吒的倾诉，于是用碧藕做成骨肉，用荷叶做成衣服，念动起死回生的咒语，哪吒由此复活。

长大后，哪吒神通广大，降服九十六洞妖魔。后来要杀李靖报仇，李靖无奈，只好到佛祖前求救。如来于是赐给李靖一座黄金宝塔，那宝塔上层层有佛。佛祖令哪吒以佛为父，拜了宝塔，父子之间的冤仇这才解开。这就是李靖为什么叫"托塔天王"的缘故。

平时这李靖都是宝塔不离手的，今天闲居在家，所以宝塔不曾托在手上，怕哪吒有报仇之意，所以大惊失色。慌忙去塔座上取了宝塔，托在手中，这才问哪吒到底是怎么回事。

那么哪吒是要趁李靖宝塔不在手而要杀李靖报仇吗？当然不是。哪吒用宝剑架住李靖的刀，只是阻拦之意。他想告诉李靖的是，这个锦毛老鼠精虽然不是亲生的，但确实也是李靖的女儿。原来，这只锦毛老鼠精在三百年前成精，偷吃了如来的香花宝烛，如来派李靖父子前往捉拿，捉住后饶了她性命，锦毛老鼠精感谢李靖父子不杀之恩，于是就拜李靖为父，哪吒为兄，在下方供设牌位，侍奉香火。李靖听了哪吒的解释，恍然大悟，于是赶忙向悟空道歉，然后，这对父子就带兵和悟空一起下天界，捉住了老鼠精带到玉帝面前发落。

假如你从前对哪吒的故事一无所知的话，读到这个地方，一定会有一种非常奇怪的感觉。原因很简单：在古代的中国，"孝道"乃是国家的根本大道，在这样一种文化氛围中，有哪吒这样一个端着武器追着父亲报仇的正面形象，绝对是传统文化中的一个异数。

古代的中国对"孝"重视到了什么程度？我们列举几个方面。

首先，它被纳入到"三纲"之列，成为封建社会的根本原则之一。古代有"三纲"，即所谓"君为臣纲，夫为妻纲、父为子纲"。什么是"纲"？从其字源来说，"纲"就是渔网的总绳，引申到社会伦理的范围，"纲"就是不可违背的根本原则。

其次，这一原则也被写进法律，成为封建律法的重要组成部分。在古代，"不孝"乃重罪。我们知道，古代有所谓"大赦天下"的做法，赦令所到之处，罪犯予以释放；已有的罪行也可以不再追究，但有十种重罪却不在赦免的范围之内，这就是所谓的"十恶不赦"。这"十恶"分别是：谋反、谋大逆、谋叛、谋恶逆、不道、大不敬、不孝、不睦、不义、内乱。十恶之中，"谋恶逆"与"不孝"其实都涉及"不孝"的问题，不过"谋恶逆"的犯罪程度要较"不孝"为重而已。但不管轻重，都属于不赦的重罪。

再次，在封建时代，"孝"还被作为主流价值观念在社会上大力弘扬。比如汉朝大力推崇以孝治国，我们今天说到汉代的"文帝""武帝"等君王的谥号,实际上都是简省了的,其完整的谥号应该是"孝文帝""孝武帝"等,这一点只需翻看一下《史记》就知道。历史上其他的王朝虽然不一定都在皇帝的谥号中那么明确地加上一个"孝"字,但对于"孝"不遗余力地推重,则是完全一致的。中国有一部专门讲孝道的经典《孝经》,它是被列在"十三经"之首的,古代皇帝开经筵,《孝经》是最经常被拿来宣讲的经典。

为什么历代封建王朝对"孝"如此推重? 上面提到的《孝经》可以为我们揭开这个秘密。《孝经》大致可以分为三个部分:第一部分开宗明义,讲明"孝"的意义;第二部分是"五孝",即天子、诸侯、大夫、士人、庶人这五种身份地位的人"孝"的标准和要领;第三部分是关于行孝的一般性说明。

《孝经》开宗明义就指出,"孝"是先王的"至德要道",是"德之本也,教之所由生也",用好这一点,就可以"顺天下,民用和睦,上下无怨"。简单来说,就是一切伦理教化的起点,用好这一点,就可以使得天下和顺,上下和睦。

至于为什么"孝"能够有如此巨大的功效,其秘密就在于其后的"五孝"部分。"五孝"的核心就在于,你的"孝"是和你的社会身份、社会职责密切相关的。比如身为天子,你的"孝"就是治理好天下,否则天下大乱,宗庙社稷不保。以此类推,诸侯的孝就是治理好自己的诸侯国,大夫的孝就是治理好自己的封地,士人的孝就是尽到你职责,庶人的孝就是遵纪守法、赡养父母。

为什么单单在"庶人"也就是普通人这里才强调赡养父母? 因为古代是等级社会,天子、诸侯、士大夫占有的社会资源较多,赡养父母根本就不是问题。"五孝"的规定,就把"孝"从一种本来是子女对于父母的家庭伦理情感上升到了社会道德、社会责任的范围。所以,《孝经》开头讲的"孝"是先王的"至德要道",是"德之本也,教之所由生也",用好这一点,就可以"顺天下，民用和睦，上下无怨"，这绝不是一句空话。

可是，就在这样一个文化背景中，竟然出现了哪吒这么一个端着武器找父亲报仇的形象。而且，这样一个人物形象不但没有受到人们的抵制与厌恶，恰恰相反，随着《西游记》产生的广泛影响，哪吒的故事广为传播，特别是在《封神演义》中还得到了进一步的发展与完善。

为什么一个与传统孝文化看起来格格不入的文学形象，却能得到人们的广泛认同？个中原因，我以为主要有三点：一是外来文化的影响；二是对神灵的恐惧；三是对传统孝文化的反拨。

第一点：外来文化的影响。

其实，只要一听"哪吒"的名字，我们就能凭直觉感到，哪吒不会是一个土生土长的中国人。确实，哪吒这个形象并非出于《西游记》的原创，而是来源于佛教，"哪吒"是梵文 Nalakuvara 的音译。

哪吒故事的源流非常复杂，其故事演化及背后的历史文化因素是需要用一本书才能讲清楚的话题，我们只能在这里做最为粗略的交代：托塔天王李靖最初的原型是佛教中的毗沙门天王，后来佛教在中国化的过程中，这个形象逐渐附会在了唐代开国功臣李靖的身上；哪吒是毗沙门天王的三太子，法力强大，是佛教的护法神之一。根据《五灯会元》等书中提到的，这个哪吒三太子确实曾有"剔骨割肉"还于父母的故事，但《五灯会元》等对具体情节都语焉不详，而相关的佛典也无迹可寻，很可能是在流传的过程中散失了。在此后的历史中，虽然随着佛教中国化以及道教对佛教的吸收，哪吒父子身上的中国味道越来越浓厚，但其出于异域则是毫无疑问的。

第二点：对神灵的恐惧心理。

哪吒原本是佛教的护法神。佛教的护法神外表一般都很凶恶，我们只要去过寺庙，翻看过一些有关佛教人物方面的图册，就不难有形象的认识。原因很简单，不如此不足以表示出他们嫉恶如仇、威猛有力，也不足以震慑世人的心灵。哪吒也是如此。在佛教的有关典籍中，哪吒最鲜明的特征就是愤怒、凶恶，如《北方毗沙门天王随军护法仪轨》就说："尔时，哪吒太子，手捧戟，以恶眼见四方……白佛言：我护持佛法，欲摄缚恶人或起不善之心。我昼夜守护国王大臣及百僚。相与杀害打陵，如是之辈者，我等哪吒以金刚杖刺其眼及心。若为比丘、比丘尼、优婆塞、优婆夷起不善心及杀害心者，亦以金刚棒打其头。"从这些描绘中，我们都不难看出哪吒乃是一个既有凶恶相貌又有甚深法力的护法大神。

后来，随着哪吒的民间影响力越来越大，道教也将其吸收为本教的神祇，其形象也逐渐由凶神恶煞变成了一个小孩的样子。不过，身份、相貌虽然转变了，但其威力却没有丝毫降低。在科学不甚昌明、有神论普遍存在的古代，民间出于对神明特别是哪吒这样一个称得上是"凶神恶煞"的恐惧心理，也必定不敢说三道四。

那么哪吒的故事对于今天的我们，究竟还有没有启示意义呢？

回答是当然有。其中的启示意义，我觉得主要有三点。

一是促使我们对"孝道"进行反思。

从最初的源头来看，孝是身为人子，出于对父母养育之恩而升起的一种感激以及回报之情，这是极其珍贵的。儒家珍惜这种感情，并将此情感扩而大之，作为一切美德的起点，这不但合乎人情，而且充满智慧。另外，先秦儒家讲"父慈子孝"，讲"君君臣臣父父子子"，强调关系的相互性和对等性，这也充满了理性精神。

但是，在后来的封建时代，统治者出于维护统治的需要而将孝不断扩大化并推向极端，讲"天下无不是的父母""君要臣死臣不得不死，父要子亡子不敢不亡"，这就把孝推到了一种不近人情的境地。

典型的像《二十四孝图》里面被当作正面人物而在社会上广泛宣扬的人物故事，其实不少都有宣扬愚孝的成分，比如"二十四孝"之首的"孝感动天"，舜的父亲瞽叟，为了能让小儿子象得到全部财产，竟然几次三番要置舜于死地。要不是舜性格机警，善于随机应变，肯定是死于非命了。又如"卧冰求鲤"中的王祥，在冰天雪地中被继母赶出家门，定要他到冰冻三尺的黄河里为自己抓几条鲤鱼，王祥来到河面上，无计可施，只好脱下自己的衣服趴在河面上，希望用自己的体温将冰面化开一个窟窿，好满足继母的口腹之欲。

瞽叟和王祥继母的行为，分明是谋杀、虐待，而作者讲这些故事，不是要呼吁人们谴责那些不负责任的父母并引以为戒，而是号召人们向舜和王祥学习，逆来顺受地接受那些生命中可能无法承受的伤害。孝道被强调到这种程度，已经离开了孔子、孟子的本意，像鲁迅、巴金等那一代人之所以对包括孝道在内的封建礼教开火，是有其充分的合理性的。

从这个意义上说，《西游记》首次将佛经中哪吒"剔骨割肉"的故事引入文学作品，并将其原因归于李靖对于哪吒的不公正待遇，还安排了哪吒向李靖寻仇的情节，在某种程度上，作为中国传统"孝文化"中的异数，它实际上是对很多人心中"父要子亡，子不得不亡"的愚孝观念的反思，是旧时代反思父权的先声，具有特殊的文化意义。

当然，《西游记》对父权文化的反思，其分寸感也还是把握得比较好的，这就是作者终究还是为这一对父子设置了重归于好的结局。否则，哪吒如果真要是复仇成功的话，那也就超出了中国人能够承受的心理界线，很难获得人们的认同。今天的我们在讲到"孝"的时候，需要剥离开后世统治者出于政治目的而附加在孝上面的封建色彩，也剥离开如《二十四孝》中"孝感动天""卧冰求鲤"那种愚孝的成分，让孝回归真正的亲情与理性。

二是促使我们反思父子关系这个男人一辈子都要面临的问题。

尽管随着时代的演进，"父为子纲"已经成为过时的观念，但父子之间要说不会有矛盾冲突，那是绝对不可能的事情。孩子对于父亲的感情，大致可以分为三个阶段：儿童期的崇拜阶段、青少年期的反叛阶段、成年期的理解阶段。

　　在孩子小的时候，父亲就像一个无所不知的先知，甚至是一个无所不能的神明，能够给予儿子任何需要的指点和帮助；而儿子则处于完全的"空杯状态"，无条件地接纳父亲给予的一切。这是一种极度的和谐，但这种和谐终究是要随着儿子的成长而打破的。这种打破通常是当他认识到你的知识或能力的局限性那一刻而来临的，这一刻经常发生在男孩子的青春期。从这一刻起，父亲的权威也就跌落神坛。与此同时，父亲却并不知道自己的"权威"任期已经结束了，还是以那种权威的姿态对儿子发号施令，则二者之间就会发生激烈的冲突。这是成长的冲突，基本上不可避免。哪吒与李靖父子关系的裂痕，发生在哪吒闯下超出李靖能够平息范围之内的大祸之时，这是有象征意义的。

　　在《西游记》中，哪吒父子最终靠着如来的帮助化解怨恨，有惊无险地进入了第三个阶段，也就是理解和包容的阶段。但现实生活中，我们也确实看到过很多父子，一生似乎都有解不开的疙瘩，以至于这世界上两个最相像的男人，竟有着最深的误解与隔阂。

　　那我们怎么办呢？我们不可能请如来出手，但我们可以做自己的如来。作为父亲，你需要接受儿子已经长大、自己权威已经跌落神坛的事实，转而以一种真正的对待"人"的态度来对待自己的儿子；作为儿子，也要尽早从那种因幻灭而带来的失望感、否定感中走出来，对父亲多一些理解和包容，就像我们在《西游记》中看到的走过了那段怨恨的李靖和哪吒。请问，这个世界上还有哪一对父子之间的矛盾能超过李靖与哪吒，连他们都能回归亲情，我们又有什么不能呢？

　　三是经典如何走进现实生活。正像我们前面说到的，自从《西游记》问世以来，它就成了中国最大的IP，围绕其中的人物和故事而改编的戏剧、影视作品层出不穷。而哪吒又是《西游记》中除了唐僧师徒外，最多被改编而登上舞台、银幕、荧屏的形象之一。

考察这些改编就会发现，不同时代的改编实际上都是根据不同时代的特色而做了修正的。以几部影响巨大的动画作品为例。比如在 1979 年就有动画电影《哪吒闹海》，2003 年又有动画电视连续剧《哪吒传奇》。在这两部动画作品中，突出的都是哪吒不畏强暴、为民除害的精神；而哪吒与李靖之间的矛盾被淡化了。到了 2019 年，更有国漫巨作《哪吒之魔童降世》问世，它除了继承前几部动画作品为民除害的精神外，还加入了与命运抗争的精神。尤为引人注意的是对李靖和哪吒的父子关系做了颠覆性的改变，李靖由《西游记》中那个自私冷酷的父亲一下子变成了父爱如山的典范：李靖在回答白云道长"他是你什么人，你可以替他去死"时一字一顿说出的那四个字"他是我儿"，真的是可以让铁石人都为之落泪的——我在看电影时，听到的是弥漫在整个影院的啜泣声。

这些改编都是非常成功的，因为时代发生了变化，对如今绝大多数父亲来说，爱已经不是问题，《西游记》《封神演义》中那样的李靖应该说已经少之又少，拘泥于旧的情节，势必很难打动今天的孩子；而如《哪吒闹海》《哪吒之魔童降世》这样的影视新作，对于激励孩子的向上之心、感恩之心，能起到很好的正面作用。经典文学不是标本，而是一棵大树，它脚下的土壤是一代代读者。唯其能扎根于时代的土壤，呼吸新时代的气息，才能不断开枝散叶，自成世界。

第十四章

乌金丹：神医与神药

《西游记》是一部神魔小说，孙悟空是一只灵明石猴，怎么会给一个国王治病呢？这就要说到这师徒四人在朱紫国的奇遇了。

朱紫国这段故事在《西游记》里不算出名，为了便于大家了解，我就用最简短的话语把前后情节给大家复述一遍。

故事发生在《西游记》的六十八到七十一回，说的是唐僧师徒来到一个叫朱紫国的地方，正赶上国王张挂黄榜悬赏名医。悟空将榜文揭下，以乌金丹将国王的重病治好。

问起生病的缘由，原来是三年之前的端午节，国王的正宫娘娘也就是金圣宫被一个妖怪赛太岁掳走，当时国王正在吃粽子，受此惊吓，粽子凝滞在内，遂养成大病。

那赛太岁本领高强，又有一件法宝金铃，能喷风、火、沙，十分厉害。悟空问明缘由，来到赛太岁所住的獬豸洞，取得娘娘的信任，与娘娘联手，骗取了金铃，放出风、火、沙，将赛太岁困住。正当赛太岁命悬一线之时，观世音菩萨从天而降，灭了风、火、沙，救了赛太岁。原来，这赛太岁是观世音胯下的坐骑金毛犼。观世音骑金毛犼回转南海，悟空带金圣宫娘娘回到朱紫国。

我们这里要着重分析的，就是悟空用"乌金丹"为国王治病的情节。这个情节又由几个环节组成，每个环节都挺有意思。

第一个环节是诊断。一般中医诊断都是由"望闻问切"四个部分组成。悟空本来也想这样，但这个国王胆小，一见孙悟空就被他的容貌声音吓坏了，说什么也不敢让悟空接近他，更不要说号脉了。这当然难不倒悟空。他拔下三根毫毛，变做三条丝线，每条长二丈四尺，按二十四节气。然后让太监将三条丝线按寸、关、尺系在国王的左手腕下，再将丝线从窗棂递出来。悟空接了线头，立在门外，用自己的右手拖着左手的三个指头，看了寸、关、尺三部之脉，调停自家呼吸，分定四气、五郁、七表、八里、九候、浮中沉、沉中浮、辨明了虚实之端。看完了左手，右手也如法炮制。看毕将身一抖，把毫毛收上身来。而后，悟空把所感觉到的脉象用一堆极其专业的术语表述了出来："左手寸脉强而紧，关脉涩而缓，尺脉芤（kōu）且沉；右手寸脉浮而滑，关脉迟而结，尺脉数而牢。"紧接着，又用一堆更专业的术语进行分析，我不再赘引。而后做出了自己的诊断："是一个惊恐忧思，号为双鸟失群之症。"

悟空的诊断当即就得到了国王的认可。那国王在内闻言，满心欢喜，打起精神高声应道："指下明白，指下明白，果是此疾！"

在准确诊断了国王的病症之后，下一步就是抓药。医官问用什么药，好去准备。悟空的回答是："不必执方，见药就要。"将八百零八味药材并一应制药器皿全数拿到了所住的驿馆之中。悟空要了这么多药材，是不是准备全数给国王都用上？当然不是。八戒也很好奇，提出的问题和你我是一样的："这八百八味药……只医一人，能用多少？"悟空的回答是："那里用得许多？他那太医院官都是些愚盲之辈，所以取这许多药品，教他没处捉摸，不知我用的是那几味，难识我神妙之方也。"

那么，悟空到底用了哪几味药呢？实际上只用了两味：大黄一两、巴豆一两，让沙僧、八戒都碾为细末。

　　除了大黄、巴豆外，悟空还用了另外两味药：一味是锅脐灰，也就是用柴草烧火后粘在锅底的灰烬；另一味是马尿，当然，这马尿不是一般马撒的尿，而是白龙马的尿。

　　几样东西和在一起，共搓了三个核桃大小乌黑的丸子。悟空还给这丸子起了个很形象的名字："乌金丹。"

　　药品配好，下一步就是服药。不过，送服"乌金丹"的药引子非常特别。悟空给出的药引子是：半空飞的老鸦屁、紧水负的鲤鱼尿、王母娘娘搽脸粉、老君炉里炼丹灰、玉皇戴破的头巾三块，以及困龙须五根。当医官表示这些东西实在是无处可办时，悟空又开出了一个替代品：无根水，也就是天上下的还未落地的雨水。看看天色不像很快就能下雨的样子，悟空还帮了朱紫国王一个大忙：请来东海龙王，打了几个喷嚏，吐了一些口水，王宫中那些妃嫔宫女拿杯盏接了，总共约有三盏，国王将乌金丹顺利服下。

　　药效如何呢？回答是：非常好。根据作品的描述，国王服下乌金丹之后，不多时就开始腹泻，泻下的东西就有三年前凝滞在腹内的那块粽子。将病根泻下之后，国王又喝了些米粥之类的东西，没多大一会，就觉得心胸宽泰、气血调和、精神抖擞、脚力强健。

　　孙悟空给朱紫国国王看病的情况基本就是如此。那么，《西游记》中有关悟空行医的这一段文字到底靠不靠谱呢？

　　回答是：基本不靠谱。

　　和谱靠得近一点的是悟空所选的四味药材：大黄与巴豆这两味药，特别是将其研成粉末服用，都有通便利泻的作用；锅脐灰，中药名"百草霜"，对于消化积食有作用；白马尿，以今天的眼光看来比较奇怪，但按《本草纲目》的说法，它还真是药，"味辛，气微寒，破症坚积聚。"也合乎朱紫国王的病情。从这几味中药的药性来说，对于治疗朱紫国国王因为在吃粽子时受惊而导致的积食不化是有作用的，所以说还算靠谱。但即使是这几味和国王的病情大体对症的药，在剂量上也是有问题的。锅脐灰、白马尿，多一点少一点问题不大；但大黄、巴豆的剂量明显过大，特别是巴豆一两，其剂量已经足够致死了。

基本不靠谱的是"悬丝诊脉"。

中国人对于"悬丝诊脉"的印象多半来自古装剧：宫中的娘娘或者大户人家的小姐生病，叫来郎中，娘娘或者小姐躺在床帐里，将几条丝线系在手腕并拉出帐幔，医生就根据这几根丝线传导出的脉象，来判断患者的病情，并开出药方。

明明一伸手就能摸到的脉象，而一定要通过几根丝线来判断，其原因就在于古代男女大防极严，男女授受不亲，所以就弄出了这么一个看起来很玄乎的东西。

那么，我们为什么说"悬丝诊脉"基本不靠谱？

从原理上说，"悬丝诊脉"并非没有根据。"悬丝诊脉"替代的是"望闻问切"中的"切"，也就是脉诊，即通过对患者脉象的感受来判断患者的病情。它和一般"脉诊"的唯一区别，就是后者需要身体的接触，而前者只需要几根丝线。我们知道，拉紧的绳子是能够传导震动的，所以，只要丝线拉得足够紧，它们还是能够把脉搏的跳动情况传导到医生的手指上。

但也就仅此而已。古代医生讲究"望闻问切"，四项结合方能做出准确的判断。仅仅凭着几条丝线传导到手中的跳动就能准确判断出患者所有的情况，基本上是天方夜谭。正因为如此，"悬丝诊脉"在正宗的医书中根本就没有记载，而现代中医也严禁在门诊中使用。

当代"京城四大名医"之一的施今墨先生在一次接受访谈时说，悬丝诊脉乃是一种"亦真亦假"的东西。所谓"真"，就是历史上确有其事；所谓"假"，就是基本上是个过场。以后宫妃嫔生病为例，总要由太监宫女向太医详细转述病情，而太医也会尽可能地询问症状、病程等情况，这些才是太医做出判断的真正依据。所谓"悬丝"，基本是装装样子，能够提供给医生的信息其实很少。特别是《西游记》说这几根丝线长达两丈四尺，那就更是匪夷所思了。

特别不靠谱的是药引子。

什么是"药引子"？

用中医术语讲，就是"引药入经"。它有点像化学中的"催化剂"，本身并不一定是药，但却能够起到"向导"的作用，引导其他的药物达到病变部位或某一经脉。常见的"药引子"有米汤、盐水、蜂蜜水、黄酒、甘草等。在中国，关于药引子能够起到奇效的最有名的例子，恐怕就是清代名医叶天士"一字救两命"的故事了。

说的是某一年秋天，城里一位产妇难产，已经请过同城名医薛生白，薛生白也开了药，可是并未见效。这家人又去请叶天士，叶天士看了药方，觉得别的都没有问题，唯独药引子用"竹叶三片"不妥。他提起笔来，将"竹叶三片"改为"桐叶三片"，产妇服了药，很快就顺利生产，母子平安。这个故事广为流传，而其中的关键就在于"同气相感"：当时是秋天，梧桐籽熟叶落，人与落叶同气相感，自然就产生了奇效。

不过，悟空开的药引子实在是太奇葩了：半空飞的老鸦屁、紧水负的鲤鱼尿、王母娘娘搽脸粉、老君炉里炼丹灰、三块玉皇戴破的头巾，以及五根困龙须。这些稀奇古怪的东西到哪里去寻找？就是"无根水"也不是说有就能有的，更不要说是龙王的口水化成的"无根水"了。

我们可能会觉得《西游记》里的药引子太奇怪了。不过，考察中国的文学作品，类似这样稀奇古怪、五花八门的药引子还真是不少。

比如《说唐》中，徐茂公生了病，药引子是李世民的胡子。《杨家将》中，杨六郎生了病，药引子的规格比这还高，是所谓"龙须凤发"——皇帝的胡子和女皇的头发，其中女皇的头发还得是红色的。鲁迅在《父亲的病》

一文中，提到的药引子是蟋蟀一对，而且这对蟋蟀还必须是原配。鲁迅对此就发表了一段很搞笑的议论，说"似乎昆虫也要贞洁，续弦或再醮，连做药的资格也丧失了"。

那么，为什么古代一些医生要用到这些稀奇古怪的药引子呢？原因可能有两个：一是古人迷信，真的认为某些东西具有特别的魔力，比如《杨家将》中的"龙须凤发"，就是认为既然皇帝、女皇至高无上，地位神圣，则其毛发胡须自然也就有着不可思议的力量，这一情况到今天其实也还在一些迷信群众中存在；另一个则是医生知道患者的情况已经不可施为，或者干脆就是庸医对自己的医术颇有自知之明，为了给自己预先找一个脱身之策，就索性找一些稀奇古怪的东西做药引子，给对方找难题，好给自己找一个得以抽身的借口。

在回顾了悟空为国王开药治病的过程之后，我想大家对于这个过程的种种不靠谱之处都会有一个明晰的认识，而作者背后隐藏的玩笑与调侃之意，我们也分明能够感受得到。那么，这种对医生的调侃态度是《西游记》的作者所独有的呢，还是在古代相当普遍呢？

回答是：相当普遍。翻开古代的典籍，你会发现，最经常被古人拿来开玩笑的职业中，医生即使不是第一，也绝对能进前三。《笑林广记》中有一个笑话是这样的：阎王爷派小鬼去探查某条街上的名医，并且提示说："你们看门前没有冤死鬼的肯定就是名医，而不是庸医。"小鬼来到街上后，每经过一个医生的家门，门前都有许多冤鬼。最后到了一个医生家，门口只有一个冤死鬼在，小鬼开心地说："终于找到小镇上的名医了。"可是跟这个门口的鬼一打听，才知道这个医生是昨天新挂牌开张的。原来整条街上竟然都是庸医。

庸医不用说了，在文学作品中即使是一些有名的医生，在叙述中也常充满种种神奇的、很难以常情理解的行为。

比如《聊斋志异》里就提到沂州的一位名医张氏，自己有咳嗽的毛病。一次赶路途经深山，口渴得厉害，咳嗽的症状也加重了。他到处找不到水，正当嗓子冒烟的时候，看到一个农妇正好洗菜，于是就讨来洗菜水喝。菜多水少，洗菜水浑浊得就像泥浆一样。张某慢慢把洗菜水喝下去，没想到不但解了渴，连咳嗽也好了。张某心中暗想，这倒是个治咳嗽的良方。后来本郡太守因为咳嗽厉害，到处找医生治不好，张某前去治病，偷偷搞了些洗菜水给太守喝，竟然把病治好了。太守很高兴，又是赐金，又是赠匾，张某由此名声大噪。

还有一位名医韩某，就更加匪夷所思。当年他还没有出名时，曾在野外投宿，正巧这家有一个得了伤寒快要死的儿子。那家的主人恳求韩某医治，韩某如果不出手救治，今天的住处就没了着落；如果出手救治，又实在想不出有什么办法。韩某一边焦虑地在屋子里往来踱步，一边用手搓自己身体，搓着搓着就搓出一个泥丸子来。韩某心想，不如干脆就把这泥丸子给他吃算了，固然治不好病，却也害不死人，自己还能有个住处。到了半夜，忽然听到主人急促的敲门声。韩某心想坏了，肯定是孩子死了，于是翻墙逃跑。主人追了好几里才追上，本想会挨顿打，没想到主人告诉他，孩子吃了药，出了汗，伤寒已经好了。韩某随主人回家，这家人盛情款待，临行还厚厚给了韩某一笔酬金。

在了解了古人对医生的普遍态度后，我们的下一个问题也就来了：为什么古人对医生的态度如此不友好呢？回答是：在那个时候，由于医疗水平有限、从业者门槛不高，看病很大程度上要靠运气，所以人们对于医生的总体信任度不高。

看到这里，有的读者可能会想，我是不是在嘲笑中国传统医学。绝对不是。我下面就说说西方古代医学的情况。在现代医学体系确立之前，欧洲医学主要沿用的是古希腊医学家盖伦的医学理论。盖伦认为，生命来源于

"气"。他认为人的肝脏中有"动气",控制营养和新陈代谢;心中有"活气",控制体内的血液和体温;脑中有"精气",决定运动、感知和感觉。盖伦还认为,人的体液分为四种,即黏液、黄胆汁、黑胆汁、血液,人的所有疾病都是由于体液的不平衡造成的。

在此理论基础上,西方也发展出了一整套他们自己的传统医学理论和诊疗方法。这套方法包括各种由植物和矿物质组成的药方;也包括放血、催吐等常规手法。作为补充的是各种千奇百怪的偏方,比如有人认为人之所以会犯癫症,就是因为中了邪,所以就要在颅骨上钻一个孔,让邪灵飞走;比如相当多的人认为,治疗皮肤赘疣的最好办法就是让死人的手去触摸患病的皮肤;比如治疗扁桃体发炎,不少人就是把水蛭放到扁桃体上让它们直接吸血,然后猛地把它们拽走。关于这些,我建议大家去看一本书,美国科普作家莉迪亚·康与内特·彼得森合著的《荒诞医学史》。在这本书里,你可以读到大量在今天看起来匪夷所思、令人脑洞大开以至毛骨悚然的东西。

那么,西方的医学从什么时候才开始变成现在我们看到的这个样子呢?这当然是一个漫长的过程,其中,科学理论与科学方法的加入是关键。解剖学、血液循环说、微生物学,是现代医学的理论基石;对照实验是现代医学与传统医学分野的根本方法。从此之后,西方医学才逐渐告别混合着经验、哲学、巫术的时代,走上了科学发展的道路。

现代医学开创者之一,也就是开创血液循环说的英国生理学家威廉·哈维在其《关于动物心脏与血液运动的解剖研究》中说:"无论教解剖学或是学解剖学,都应该以实验为依据,而不应以书籍为依据,都应以自然为师,而不应以哲学为师。"此话可以说是说尽了现代医学的精神。

说完了西方的情况,我们再回到中国来。和西方的情况不同,中国的传统医学并没有自主地、完整地跨过现代化的那道坎。中国医学的自然发展是被西方粗暴打断的。其实,在我看来,假如不是中国发展进程被西方粗暴打断，我国的传统医学也一定会向着现代医学的方向发展的。

我在这里举出的例子是清代名医王清任。他在河北滦县稻地镇行医时，适逢当地流行"温疹痢症"，每日死小儿百余，王清任冒着染病的危险，一连十多天，详细对照研究了三十多具尸体内脏。他与古医书所绘的"脏腑图"相比较，发现古书中的记载多不相合。他曾多次去北京、奉天等地观察尸体，并向一些上过战场、见过尸体甚多的人求教，明确了横膈膜是人体内脏上下的分界线。他还曾多次做过"以畜较之，遂喂遂杀"的动物解剖实验。经过几十年的钻研，本着"非欲后人知我，亦不避后人罪我""唯愿医林中人，……临症有所遵循，不致南辕北辙"的愿望和态度，于道光十年 (1830) 即他逝世的前一年，著成《医林改错》一书，刊行于世。梁启超评论"王勋臣……诚中国医界极大胆革命论者，其人之学术，亦饶有科学的精神"。

王清任的医学实践与理论实际上已经拉开了中国传统医学向现代医学演化的序幕。可惜的是，没等这个演化完成，中国医学自然发展的历史就被打断了。包括医学在内的西方科技是伴随着坚船利炮而进入中国的，这就使得很多人在想到包括医学在内的西方科技时有一种很强的"异物感"，这其实也是很多人排斥西医的重要心理因素。假如中国的医学能够自然地由传统迈向现代，成为现代科学的一个部分，恐怕也就不会有那么多无谓的"中西医之争"了。

"中西医之争"的另一个原因是现代医学本身还远远没能解决人类的疾病问题。人体是一个极其复杂精密的有机体，它的许多奥秘直到现在我们也没有完全解开。正因为如此，面对很多疾病，比如癌症、重症肌无力，现代医学依然无能为力；许多曾经认为是板上钉钉的医疗方案后来也被推翻，比如说维生素 E 可以治疗冠心病、大蒜素可以降低胆固醇，等等。医学界有句很流行的话，叫作"有时治愈，常常帮助，总是安慰"，这绝非一句空话。

从悟空行医的经历，到现代医学建立之前人类面对疾病的种种不靠谱，再到经常发生的"中西医之争",从这些话题中,我们能得到哪些启示呢?

首先,"中医"和"西医"的划分并不严密。我们现在所说的"西医"实际上指的并不是欧洲古希腊以及中世纪那一套东西,而是现代通行于世界的以科学技术为手段处理疾病或病变,恢复健康的学科体系。人文学科有中西之别,比如中国文学、西方文学,中国哲学、西方哲学,这是没问题的;但对于自然学科而言,只要我们承认医学和物理学、化学、生物学一样都是科学,那么就应当承认医学和物理学、化学、生物学一样,并无绝对的中西之分。

其次,那些脸红脖子粗的"中西医之争"实在没有必要。现代医学当然不能解决所有的疾病问题,但其强调医学作为科学的本质属性,强调通过严格的对照实验确认其有效性,这是目前最为可靠的医学知识的增进之路,中国的传统医学要走向现代化,这条道路也是必经之途。

实际上,现代正规医院的中医大夫,也都强调大数据,也都认可对照实验对于医疗方案有效性的验证。激进的"中医黑"当然不足取,因为他们忽视了中国传统医学作为经验学科积累下来的大量行之有效的方法,这些积累的经验与现代医学手段相结合,能产生巨大的效用,"青蒿素"的发明就是对这些人的有力反驳;而盲目的"中医粉"也不足取,他们的很多经历体验很可能只是幸存者偏差或安慰剂效应,而所谓"没有中医,中国人是怎么活过来的"的质问看起来有理,但实则等同于抬杠:欧洲人没有中医,不也活到了今天。

第三,也是最重要的:人体的奥秘,现在还没有完全揭开,与其把生命交给医生,不如交给自己。不是每个人都能碰上孙悟空那样的神医,就算能碰上,罪也还是要自己受。所以,养成良好的生活习惯、保持身体的健康与愉快的心情,比什么都重要。

第十五章

寇夫人：善心与妄念

这一章，我们的目光将锁定在唐僧师徒到达灵山前的最后一难：铜台府监禁。

不出所料的话，这一难应该是很多人印象都不太深的一难。原因很简单，这一难没有妖魔鬼怪，没有变化斗法，也没有太大的悬念，和前面那些降魔除怪的故事比起来未免平淡。但正所谓"至味无味，真水无香"，作者在唐僧师徒就要到达灵山的关头，让他们回归人间的纠葛，其实是意味深长的。在这一回里，惹出唐僧师徒一场无妄之灾的根由，竟然是因为唐僧拒绝了寇员外的妻子和儿子斋僧的请求，寇夫人恼羞成怒，转而嫁祸唐僧师徒。

斋僧是善事，但善事竟然能够惹动人的嗔恨之心，这真是富有讽刺意味的事。在这个故事里，把人们相处中常有的对于"恕道"的欠缺，以及人心中经常有的"迁怒""主客体课题不分"的两大弱点表现得淋漓尽致。这个故事对于我们了解人心人性，更正确处理人际关系，有着极大的启示意义。

因为这个故事的知名度不太高，所以先用简短的篇幅，把事情的来龙去脉先介绍一下。

故事发生在西游第十五年，也就是最后一年的夏天。唐僧师徒走到地灵县，听从当地人的指引，来到一个姓寇的员外家化斋。这寇员外今年已经六十四岁了，在四十岁时许下宏愿，要斋满一万僧人。二十四年来，已经斋过九千九百九十六个僧人，差四个就满一万之数了。正因为如此，当寇员外听说有四个远来的和尚到自己家化斋，丢下拐杖就跑了出来，非常热情地把师徒几人迎进家中，随即奉上一顿丰盛异常的斋饭。吃完斋饭，唐僧想马上就走，但寇员外拼死不放，说这里距离灵山已经不远，千万请法师多住上些日子，等到佛事圆满了再走。唐僧本来取经心切，恨不能吃过这顿饭就走，但看寇员外一片诚心，也就只好应允。

　　半个月之后，唐僧坚持要走，又受到了寇夫人的热情挽留。她说师父们不要急，前边那半个月算我员外的功德，老身也有些针线钱儿，也愿意斋老师父半月。这还不算，寇员外还有寇栋、寇梁两个儿子，他们见父母敬重唐僧师徒，就想"锦上添花"，当即表示也愿意合力供养四位师父半个月。唐僧坚决辞谢，没想到就惹恼了寇夫人，她对寇栋、寇梁说，既然他们这么不识人敬重，咱们又不是哪世里欠他们的，又何必啰嗦。说完拉着两个儿子就走了。

　　唐僧最终还是不顾寇员外的再三挽留而坚决地走了。为了欢送唐僧师徒，寇员外大办宴席，诸位亲戚邻居以及一起念佛同修的善友，还有两班请来的本地和尚、道士都来送唐僧。吃过午饭，唐僧四人上路，一路上是经幡蔽日，鼓乐喧天，说不尽的繁华热闹。

　　正是这场繁华热闹招来了一伙强盗的觊觎之心。当天夜里，这些人明火执仗地来到寇家打劫，并踢死了因为舍不得家财而上来阻拦的寇员外。

　　主人被盗贼杀死，财产被洗劫一空，这个上午还花团锦簇的一家，到晚上就已经是家破人亡了。这突然发生的一幕让寇夫人觉得简直就是在做梦一般。思前想后，到了四更天的时候，寇夫人的愤怒渐渐聚集在唐僧四人的身上。在她看来，之所以会惹出这场祸事，完全是因为唐僧等人不接受自己的供养，所以寇员外才会在今天给他们送行，又办得这么隆重，引起了贼人的注意，这才引来了杀身之祸。想到这里，寇夫人对唐僧等人的仇恨油然而生，就有了加害唐僧等人之意。她对寇栋、寇梁兄弟说，孩子们，你们别哭了。贼人来的时候我躲在床底下看得清清楚楚，点火的是唐僧，持刀的是猪八戒，搬金银的是沙和尚，打死你爹的是孙悟空。这都是你爹知人知面不知心，好心供养，却引来了杀身之祸。咱们明天就去告他，为你爹报仇雪恨。

第二天一早，兄弟两人就一纸诉状，把唐僧四人告到了铜台府。铜台府刺史准状，随即点起马步快手等共计四五十人，各执兵器，出西门追捕唐僧，并且很快就把唐僧等四人捉拿归案，将他们关押在牢狱之中，而这就是唐僧师徒上灵山前的最后一难，即"铜台府监禁"。连妖魔鬼怪都不放在眼里的悟空，怎么会把人间的监禁放在心上；当然，对付人间官府的态度绝不能像对待妖魔鬼怪那样一杀了之。所以，悟空就开始了一系列的弄法。他模仿寇员外的声音吓唬寇家母子，迫使他们撤回诉状；他冒充铜台府刺史祖先的口气警告刺史立刻放了唐僧；又在地灵县上空施展法术，在空中伸出一只脚，占满整个县衙，说自己是浪荡游神，再不放唐僧就要踏平地灵县。在悟空的一番活动之下，不但唐僧师徒的不白之冤得以解脱，并且还让死于非命的寇员外重回阳世，延寿一纪，多享受了十二年荣华富贵的日子。

对于这一回，很多人的评价不高，甚至有人说，所以如此，是作者写到这里已经江郎才尽、难以为继；而作品此时也已经是日薄西山、强弩之末了——认为《西游记》从狮驼国的金翅大鹏以后，就再也没出现过一个像样的妖怪，到了最后一回，连不像样的妖怪都找不出来了，只好拿人间的"女子与小人"来凑数了。

但我认为，这主要是我们习惯了《西游记》中妖魔鬼怪的打打杀杀而已。其实，作者之所以把"铜台府监禁"作为上灵山前的最后一关，还是有他的深意的。因为，尽管这个故事没有大闹天宫的惊心动魄，没有女儿国的活色生香，然而，若论其笔墨背后的深意，对世态人情之生动描摹，这个看似平淡庸常至极的故事，却又有以往那些神奇荒诞、光怪陆离的故事所没有的味道。

这个故事的一个令人深思之处，就是寇员外的一片热心给唐僧带来的竟然是无穷的烦恼。

要说寇员外对唐僧，那可真说得上是热情备至。那寇员外本来在天井中闲走，听得有远方的僧人来到，立刻就丢了拐杖，出来迎接。将四人迎进家中，命令大小家童，搬柴打水，整顿斋供。唐僧师徒吃完要走，那员外抵死不肯放过。先是留住了五七日，朝夕问候；后又请了二十四个本地僧人抄写经文，筹备佛事，这就又花费了三四天的时间；三四天后佛事正式开始，一连办了三天三夜。等到这场佛事办完，已经有半个多月了。眼看灵山在前，唐僧见佛求经之心如箭在弦，但那寇员外仍然不肯放唐僧师徒西去，定要再留他们多住几日才肯将他们放走。

我们从字里行间都能感觉得到寇员外对唐僧师徒发自内心的尊重与殷勤。但这份殷勤带来的是什么？是唐僧的烦恼以及唐僧师徒的矛盾。面对唐僧的一再推辞，八戒不高兴了，他在旁边插了一句嘴，说寇老员外家里有钱，又如此热诚，就多住些日子，又有何妨碍？放着这么好的斋供不吃，到前面哪里再有这么好的去处？

唐僧本来就心里焦躁，又见八戒如此说法，忍不住就发了火，说你这笨货，只知好吃，更不管回向之因，正是那初世为人的畜生。不但骂八戒，捎带着连悟空、沙僧都一并骂了，说你们既然贪图安逸，就都留在这里，我一个人取经去吧！悟空看师父急了，也在一旁骂八戒。八戒有好饭吃不上，又被两个人责骂，真是敢怒不敢言，气呼呼地立在一旁。

一片殷勤之意竟然能招致客人的烦恼，这可能是寇员外始料不及的。这提示给我们的，是人与人之间相处的分寸及技巧。

人是群居性动物，离不开与他人的相处。而关于人与人之间的相处方式，哲学家 Clement Vidal 在他的 *The Beginning and the End* 一书中曾进行了一个比较全面的总结：

黄金法则：我想别人怎样对待我，我就怎样对待别人。

白银法则：我不想别人怎样对待我，我就不要怎样对待别人。

铂金法则：别人想怎样，我就怎样对待他们。

黄铜法则：别人怎样对我，我就怎样对待别人。

铁法则：我想怎样对待别人就怎样对待别人。

锌法则：奖励别人的时候，别人想怎样我就怎样对待他们；惩罚别人的时候，别人不想怎样，我就怎样对待他们。

锡法则：对上级，我用黄金法则；对其他人，我用铁法则。

亲属法则：对亲属，我用黄金法则；对其他人，我用铁法则。

互惠法则：首先对人使用黄金法则，然后根据他们的反应，使用黄铜法则。如果这次对方不跟我互惠，下次我就不跟他合作。

一报还一报法则：首先对人使用黄金法则，然后根据他们的反应使用黄铜法则。如果这次对方不跟我互惠，下次我可以原谅他，再次寻求合作。

中国虽然还没有人如此较真，把人与人之间的相处之道做过如此缜密而穷形尽相的排列组合，但其实稍微想一想就会发现，其大体所包含的选项也是差不多的。其中，最为中国人所称赏的，就是孔子所说的"忠恕之道"——所谓"忠道"，就是"己欲立而立人，己欲达而达人"；所谓"恕道"，就是"己所不欲勿施于人"。这两点，其实也就分别对应着上面所说的"黄金法则"和"白银法则"。

一般人恐怕会想，既然黄金比白银贵，那么，"黄金法则"肯定比"白银法则"要好。但其实不然。"黄金法则"是所谓"积极清单""肯定选项"，适用于彼此之间想法完全一致的人；而"白银法则"是"消极清单""否定选项",其适用的情况具有更为广泛的普遍性。以寇员外而言,他对待唐僧师徒真是做到了所谓"己欲立而立人,己欲达而达人"——他自己喜欢热闹,就竭尽所能地制造繁华与热闹,想以这样的方式让唐僧高兴;他自己喜欢奢华与铺张,就认为不奢华不足以让唐僧感受到那种尊荣与显耀。但实际上,唐僧乃是一心拜佛求经的高僧,并不是以此为荣耀的。与其靡费钱财,反不如"己所不欲,勿施于人"——既然任何人都不愿意被别人强迫做自己不喜欢的事情,那就不如不勉强唐僧,而是一饭过后,殷勤送唐僧出门,这样主客两便,效果岂不更好?

这个故事的第二个引人深思之处,是寇夫人对唐僧师徒态度的转变之快。她对唐僧师徒本来是热情备至;但一听说唐僧不愿接受她的供养,觉得对方不给自己面子,立刻就反转面皮,将刚才的一片好意变作了恼怒怨恨之心。

那么,为什么寇夫人会有如此的烦恼呢?原因很简单:唐僧没有答应她的请求;或者说,唐僧的反应太让她失望以至愤怒了。在寇夫人的心中,自己是有头有脸的人,想要对方多停留几天也是一片善意,面对自己的请求,唐僧理应满怀感激地接受才是,可是他竟然全然不领情,这分明就是给脸不要脸。对于这样给脸不要脸的人,自己还有什么好客气的呢?

寇夫人对待唐僧的心理是人与人之间交往的一个极大误区,具有广泛的代表性。这个误区,用今天心理学的专业术语来表述,就是寇夫人完全不懂得"课题分离"的态度。

"课题分离"是著名心理学家阿德勒提出的理论,其目的就是解决人际关系中占比最大的一类烦恼。在阿德勒看来,人们之所以会有人际关系的烦恼,原因当然很多,但其中最为普遍、最为常见的原因,就是很多人分不清什么是别人的事,什么是自己的事。一个人,如果分不清什么是自己的事,什么是别人的事,那么他就会很容易变得敏感而内向,容易受他人情绪的影响。他活在别人的评价和期待中,把别人的期待变成自己的期待,把别人的情感当作自己的情感。

那么，怎么克服这个非常普遍的人际交往误区呢？阿德勒就提出了一个非常著名也非常有效的理论——课题分离。阿德勒认为，我们每个人都有自己的课题。一个行动直接后果的承担者是谁，那么这个行动就是谁的课题。这世界上大多数人际关系的矛盾都起于对别人课题的横加干涉，或者自己的课题被别人横加干涉。所以，要想解决人际关系的烦恼，就要区分什么是你的课题，什么是我的课题。每个人只负责把自己的课题做好，人际关系就会简单很多，也顺畅很多。

很多让人头疼的人际关系难题都可以用课题分离的思路来解决。以造成寇夫人和唐僧矛盾的这一事件而言，表达出自己的挽留之意，是寇夫人的课题；而是否接受寇夫人的挽留，则是唐僧的课题。也许在寇夫人看来，灵山就在眼前，早一天晚一天到达其实也无所谓，而接受自己的建议多留几日，于唐僧师徒而言，是能够多歇息几日，多吃几顿好饭；于自己而言，是成全了自己的善心，也满足了自己面子。这两全其美的事情，有什么不好呢？但不管寇夫人觉得自己的提议有多好，把这个建议表达出来，自己的课题就已经完成了，至于接受与否，那是唐僧的课题，无论唐僧做出怎样的决定，她都应该坦然接受。

中国古人虽然没有像阿德勒那样用"课题分离"这样的术语来表达这个观念，但这个想法，是蕴含在古人的智慧之中的。"强扭的瓜不甜""按着牛头喝油，不如让它自己喝水"，其实都暗含着不要强行介入别人课题的意思。

如果寇夫人能有这样通达的想法，那么彼此之间的不愉快就不会发生。

当然，你很可能会问出这样的问题：唐僧和寇夫人之间是普通的人际关系，那么，更亲密的关系，比如朋友、父子、爱人，也能遵循课题分离的原则吗？按照阿德勒心理学的观点，也是可以遵循类似的原则的。只不过，像朋友、父子、爱人之间的情感联系更加紧密，我们对他们的感受也更加敏感，所以应用起来更加复杂和微妙，我们需要更多的观察和设身处地地为对方着想，需要释放更多的耐心和善意。

但不管怎样，课题分离是自由社会的必然要求，即使在家庭里，我们还是要分清楚别人的事和自己的事、别人的情感和我的情感。归根结底，我们可以提出建议和希望，可以创造条件，但不能强迫对方按照自己的目的行事，即使对自己的爱人和孩子也是一样。真正能改变自己的只有自己，把别人的课题当作自己的课题，不但无用，在大多的时候反而是有害的。

这个故事的第三个令人深思之处，就是寇夫人因强盗害得自己家破人亡而迁怒唐僧师徒、必欲置之于死地。寇夫人身上把人性中另一个常见的弱点——迁怒——表现得淋漓尽致。

作品写寇员外家被一群强盗抢劫，寇员外因为舍不得财富，出来与强盗争执，结果被其中一个贼人兜裆一脚，踢倒在地。等到贼人散了，寇家人从藏身处走出来，见员外已死，顿时放声痛哭。一家人哭到四更，寇夫人想到，要是唐僧肯接受自己的斋供，寇员外怎么会在今天给唐僧师徒送行；不在今天给唐僧师徒送行，怎么会招来一群强盗的觊觎之心，惹来这场灾祸。想到这里，便生出妒害之心，要陷害唐僧四人，于是扶着寇梁道："儿啊，不须哭了。你老子今日也斋僧，明日也斋僧，岂知今日做圆满，斋着这一伙送命僧也！"

寇梁兄弟道："母亲，怎么是送命僧？"寇夫人道："贼势凶勇，杀进房来，我躲在床下，留心向灯火处看得明白。你说是谁？点火的是唐僧，持刀的是八戒，搬金银的是沙和尚，打死你父亲的是孙行者。"两个儿子见母亲说得如此笃定，认定了唐僧四人就是杀害自己父亲的真凶，于是第二天一大早，就到官府首告唐僧师徒。

寇夫人这一番心理活动，看似胡搅蛮缠，实则非常普遍，而且这种毛病绝不仅仅属于中国人，外国人也是一样。英文甚至有一个专门的俗语，用以指称这种普遍存在的心理误区，这个俗语就叫作"射杀信使"。

"射杀信使"据说是来源于中亚古国花剌子模的一个奇怪风俗：凡是为君王带来好消息的信使，就会得到提升；凡是给君王带来坏消息的人，则会被无情射杀。使者只是带来消息的人，而并非消息的制造者，但花剌子模的君王却将这二者混为一谈，以至于荒唐地认为，奖励带来好消息的人，就能鼓励好消息的到来；处死带来坏消息的人，就能杜绝坏消息的产生。

这是典型的归因错误。不过，尽管我们都知道花剌子模的君王是愚蠢的，但实际上，我们却常常和花剌子模的君王犯同样愚蠢的错误。举个生活中的例子。一个人出门遇到车祸，假如这个人是自行出去的也就罢了，假如他是外出赴约，则这家人通常会对约死者外出的朋友抱有很深的怨恨——你不叫他，他怎么会出去？他不出去，怎么会死去？而这个朋友也通常会陷入很深的自责之中。这是一种没有道理但又非常自然的情绪。

人们在大多数时候，很少能够非常清晰地辨明什么是相关性，什么是因果性，所以经常就把凡是和坏消息沾边的人当作导致坏消息的人，甚至认为他们就是事件的罪魁祸首。寇夫人就是如此。寇家为什么会遭受这场灾难？罪魁祸首是那一批好逸恶劳、打家劫舍的强盗；如果在寇家方面找原因的话，那就是他们不懂得"良贾深藏"、低调做人的道理；另外，也还有安保意识不强的原因。但寇夫人呢？却把"斋僧"和"遭抢"紧紧联系在一起，并把仇恨一股脑地发泄在了唐僧师徒的身上。

那么，为什么会如此呢？心理学家的解释是，这是一种心理防御机制。心理防御机制有多种，比如投射、压抑、倒退、过度补偿等，而"迁怒"（更专业的心理学术语叫"替代"）就是常见的机制之一。

一个坏事发生了，当我们既不愿自己承担过失，又不能正面面对引发坏事的根源时，就会将负面情绪转移到替代性的目标上，以此获得心理的平衡。以寇夫人而言，她既不肯承认自己疏于防范，又惧怕与强盗为敌会引来可怕的报复，于是就把怨恨都转嫁到了唐僧的身上。

不迁怒是一种极其可贵的品质。孔子最得意的弟子死后，孔子对他有一个崇高的评价，就是"不迁怒，不贰过"。不要小看这两点。你犯了错误，不去妄责别人，这才能够正视自己的错误；同样的错误不犯第二遍，这才能够使自己日益完美。我们的一生能够犯错的种类其实是很少的，我们大多数人其实都是反复在犯同样种类的错误。假如同样的错误犯过一次就改正，那么用不了多久，我们就没什么错误可以犯了，你不成为一个完美的人都难——而不犯同样错误的起点就是诚恳地认识到自己的错误，而不是迁怒于人。

这一章的启示有三点：一是在人与人的交往中，"消极清单"可能比"积极清单"更为重要，"己所不欲，勿施于人"可能比"己欲立而立人，己欲达而达人"具有更为普遍的意义；二是你要记住"课题分离"的原则，把你的事情和我的事情区分开来，特别是在崇尚自由的现代社会中，弄清并做到这一点，是减少烦恼、提高人生幸福的重要条件；三是要向颜回学习，遇到问题，是自己的错误就勇于承认，出于命运就坦然接受。信使无辜，不要迁怒于人。

第十六章

紧箍咒：必要的束缚

金箍棒和紧箍咒是孙悟空的两大LOGO。这两个东西其实都是有象征意义的：金箍棒象征着能力，而紧箍咒则象征着约束。在《西游记》中，金箍棒出现的频率极高；紧箍咒却只被念了屈指可数的几次。但这绝不是说紧箍咒就不重要。当孙悟空拿起金箍棒，对应的是排山倒海、无所不能的力量；而这份力量将用于何地，是为善还是作恶，是成佛还是成魔，则离不开紧箍咒象征的那种约束性的力量。悟空是虚构出来的文学形象，但其中的道理却毫无疑问地通行于社会人生。

紧箍咒出于灵山。它第一次出现是在第八回，如来确定取经大业之时。当时如来分析了天下四大部洲的人心善恶，决定在南赡部洲也就是东土大唐选一个取经人，苦历千山万水，拜佛求经，永传东土，劝化众生。这个挑选取经人的任务就落在了观音菩萨的身上。

临行之时，除了锦襕袈裟、九环锡杖外，又取出三个箍儿交给观音，吩咐道："此宝唤做紧箍儿，虽是一样三个，但只用各不同。我有'金''紧''禁'的咒语三篇。假若路上撞见神通广大的妖魔，你须是劝他学好，跟那取经人做个徒弟。他若不伏使唤，可将此箍儿与他戴在头上，自然见肉生根。各依所用的咒语念一念，眼胀头痛，脑门皆裂，管教他入我门来。"

紧箍咒戴在悟空头上，是在第十四回。当时二人正在赶路，忽然一声嗡哨，闯出六个毛贼，挡住去路，索要钱财。悟空把几个人打死，剥了衣服，夺了盘缠，笑吟吟地拿给师父。

悟空本来是想获得唐僧的一通称赞的，哪知唐僧当时就沉下脸来，讲了一通"扫地恐伤蝼蚁命，爱惜飞蛾纱照灯"之类的大道理。悟空不服，说我当年在花果山称王为怪，杀的人多了。唐僧说就是因为你没收没管，欺天诳上，这才被镇压在五行山下。你如今已经入了沙门，假如还是像当年那样行凶，肯定是上不得西天、做不得和尚的。悟空听唐僧在那里絮絮叨叨、啰啰嗦嗦，按不住心头火发，说你既然说我做不得和尚、上不得西天，我回去就是了。说完一个跟头，就向花果山方向而去。

就在悟空离开后不久，观音菩萨化作一个老母，捧着一件棉衣，棉衣上有一顶嵌花帽，来到唐僧面前。说等你徒弟回来，就把这衣帽给他穿戴了。我再教你一篇咒语，唤作《定心真言》，又叫《紧箍儿咒》，你可暗暗地念熟，千万不要泄露给其他任何人知道。我去赶上他，叫他还来跟你。他若不服你使唤，你就默念此咒，他再不敢行凶，也再不敢去了。说完，就化作一道金光，回归南海而去。

孙悟空其实并没有真地回到花果山。走到东洋大海，他顺便去拜访了老龙王，被老龙王一番好言相劝，明白了取经才是正果的道理后，就一个转身，飞回到唐僧身边。

悟空回到唐僧身边的时候，唐僧正在路边坐着。见悟空回来了，就让他打开包袱，拿干粮给自己吃。悟空眼尖，一打开包裹就见到了观音送来的衣服和帽子。这衣服帽子看起来非常精美，悟空很喜欢，就问唐僧是哪里得来的。唐僧是高僧，本来是不打诳语的，但为了让悟空就范，少不得也就从权了，顺口就回答说是我小时候穿的，你要能穿就给你吧。还说这衣服和帽子都非比寻常，这衣服穿了，不用演礼就会行礼；这帽子戴了，不用教经就会念经呢。

唐僧的话一下子激起了悟空的好奇心，赶忙穿上衣服，戴上帽子。唐僧在旁边，一看悟空已经把帽子戴上了，干粮也不吃了，就开始默默地念起紧箍咒来。随着唐僧的嘴巴一开一合，悟空既没有"行礼"，也没有"念经"，而是开始剧烈地头疼起来。他先是捧着脑袋不断地喊头疼，而后就跌倒在地，满地打滚。唐僧看着悟空痛不欲生的样子，心中有些不忍，就住口不念了。唐僧的嘴巴刚停，悟空的脑袋就不疼了。伸手去摸脑袋，一条金线已经紧紧地勒在脑门上，取也取不下，揪也揪不断，已经是见肉生根了。

从这一天起，紧箍咒就如影随形般地伴随着悟空此后的取经岁月。在此后的西游路上，唐僧究竟念过几次紧箍咒呢？只念过很少的几次。这很少的几次，又可以分成三种情况。

第一种情况是出于辨识的目的。会念紧箍咒的只有三个人：如来、观音、唐僧；念紧箍咒头疼的只有悟空，所以这个紧箍咒就有很大的辨识功能。这种情况出现了两次，一次是为了辨识真假唐僧，一次是为了分别真假孙悟空。

分辨真假唐僧发生在第三十九回。乌鸡国王被狮子精变化的道士推到八角琉璃井中淹死，自己变化作国王，占了他的江山。唐僧师徒经过乌鸡国，那国王的鬼魂夜半前来，托梦唐僧，请求唐僧师徒为其报仇。唐僧答应了国王的请求，命悟空完成此事。悟空设法取得了王子的信任，又从井中捞出国王的尸体并将其复活，带到殿前与狮子精对质。被揭穿的狮子精与悟空斗在一处，几个回合后抵敌不住，心生一计，变化作唐僧的样子，立在金銮殿前。大家不能分辨，正在焦躁，忽见八戒在一旁冷笑。悟空大怒，问八戒笑什么，八戒说你总说我呆，我看你比我还呆。真师父会念紧箍咒，假的不会。你何不忍着头疼，让两个念咒？念着你头疼的必然是真，念着你头不疼的自然是假啊。悟空听从了八戒的建议，就让两个唐僧分头念咒，果然瞬间就分辨了真假。

分辨真假美猴王发生在五十八回。当一模一样的两个美猴王一路厮打着来到唐僧面前，要他分辨真假的时候，唐僧无计可施。这时沙僧就在一旁出主意，说师父你坐在这里，等我和二哥去，一家扯一个，来到你面前，你就念念那话儿，看哪个害疼的就是真的，不疼的就是假的。唐僧深以为然，于是就让八戒和沙僧各搀了一个，分立左右，等自己念咒。当然了，正像我们在此前说过的，所谓六耳猕猴其实就是悟空的心魔，或者说是悟空的一个“亚自我”，所以当唐僧的紧箍咒出口，两个行者就一起头疼起来，并没有起到辨识目的。

第二种情况是出于八戒的捉弄。因为孙悟空总是捉弄猪八戒，猪八戒又打不过孙悟空，所以只要有可能，就一定抓住机会撺掇师父念紧箍咒，捉弄悟空一番。对于八戒念紧箍咒的提议，唐僧基本上是拒绝的，只有一次，唐僧算半是为了救人，半是为了满足八戒的要求，让悟空小小地难受了一下。这件事也发生在乌鸡国，第三十八回。悟空要八戒趁夜到八角琉璃井中打捞乌鸡国王的尸体，怕他不同意，于是假说到井中捞宝贝，半夜里把八戒从熟睡中叫起，一起来到井边。八戒下水，哪里有什么宝贝，只有一具泡了三年的尸体。悟空让八戒把尸体背上来，八戒不想背，悟空就不让他从井里出来，八戒无奈，只好将一具尸体背回下榻的宝林寺。唐僧一看国王的尸体，想起他惨死的经过，不由得悲上心来。八戒说又不是你爸爸你爷爷，你哭什么。唐僧说出家人慈悲为怀，你怎么这么心硬。八戒一听师父这话，顿时就计上心来。他说我不是心硬，师兄说他能救得活，所以我才背回来的。唐僧一听，就说悟空啊，救人一命胜造七级浮屠，你快快救来。悟空说死了好几年的人，我怎么救？八戒说师父你不要被他骗了。你只管念紧箍咒，管教他还你一个活人。唐僧听了八戒的话，真地念起咒来，把个悟空勒得头昏脑涨，慌忙答应。唐僧停下来，问悟空怎么救，悟空说我到阎王那里讨了他的灵魂来吧。八戒又在一旁撺掇，说师父啊，他原来和我说不用到阴间，在阳间就能治活哩。唐僧听了，又开始念咒。行者骂八戒：“你这呆孽畜，撺掇师父咒我哩！”八戒在一旁笑得打跌，说：“哥耶，哥耶，你只晓得捉弄我，不晓得我也会捉弄你捉弄！"事情的最后结果，是悟空到太上老君处要了一粒仙丹，救活了乌鸡国王。

很明显，这前两种情况都不是如来或者观音说的那种"不服管教"。真正把紧箍咒作为对付悟空"不服管教"的撒手锏来使用的，在整个西游路上总共只有两次。

一次是"三打白骨精"，前文有讲，不再赘述。

另一次是在第五十六回，也就是"真假美猴王"故事的前奏。

《西游记》中，紧箍咒从出现到戴到悟空头上，再到实际的使用情况，大致就是如此。

戴上紧箍儿是悟空生命中的一件大事。假如这个东西套在猪八戒的脑袋上，我们可能还觉得舒服一些，因为猪八戒经常犯错误，但它却偏偏套在了孙悟空的脑袋上。从感情的角度而言，因为一部《西游记》几乎是贴着孙悟空的心来写的，所以许多读者就很容易站在悟空的情感立场，对他脑袋上戴的这个紧箍儿痛恨万分，特别是在后来西天取经的路上，这紧箍咒一共也没有念过几回，而且念紧箍咒的时机往往还是错误的，就更让人觉得这个紧箍儿根本就没有起到什么积极正面的作用。那么，如来为什么非要把这个讨厌的东西套在孙悟空这样一个热爱自由的脑袋上？是仅仅为了折磨这个可怜的猴子，还是确实有他必然如此的理由？

我们的看法是，尽管从感情的角度出发，这个箍儿确实给悟空带来了很大的痛苦，所以显得十分可恶；但是，从理智出发，套在悟空脑袋上的这个紧箍儿却并非多此一举。原因有三个。

一是紧箍咒可以改变唐僧与悟空之间的力量对比，树立唐僧对于悟空乃至整个取经团队中的绝对权威地位。西天取经不是一个人的事，而是一个团队齐心协力才能完成的事情，而在这个团队中，处于领导地位的是唐僧。唐僧虽然在佛学的修养上出乎其类、拔乎其萃，但要论神通，却是这个团队中本领最弱的一个。

在这样的情况下，如何保证悟空这样有大法力的下属为自己所用，达到这个团体的既定目标，就成了一个必须解决的问题。如果没有紧箍咒，唐僧对悟空是无可奈何的，如今有了这个紧箍咒，情况就完全不一样了。紧箍咒是唐僧对付悟空的撒手锏，它时刻提醒悟空，自己的命门握在唐僧的手里，因而也就必须无条件地听从唐僧的调遣，死心塌地地护送唐僧到西天取经。而一旦把悟空这个最厉害的属下紧紧地握在手中，其他几个不那么厉害的弟子自然也就不在话下了。

二是可以堵住悟空的退悔之路。取经是一件充满艰险的事情，最重要的是他自己并不是取经人，只是一个全程的保镖，而要保护的又是一个和自己在性格以及处事方法上存在着重大差异的唐僧。悟空也明白，跟着唐僧取经才是自己最光明的出路，但要跟着唐僧取经，就必须在很多地方调适自己的行为方式，尽量按照唐僧能接受的方式去处理问题，这对于他来说实在是一件非常痛苦的事情。

有好几次，悟空都想干脆放弃取经，回花果山算了，之所以没有回成，就是因为有脑袋上这个紧箍儿。原因很简单，带着这么个紧箍儿，即使回到花果山，想到自己的命门就在唐僧手里攥着，心情也不会轻松；与其如此，就不如再隐忍几年，面见如来，到那时紧箍儿可以褪去，还能得个正果，何乐而不为呢。在这个意义上，套在悟空头上的紧箍儿就不是一个可有可无的东西，它使得悟空因为没有退路而不得不死心塌地跟随唐僧取经，而这也正是符合悟空根本利益的正确选择。

第三，也是最重要的，就是紧箍咒有助于解决孙悟空的"意志无力"问题。

要说"意志无力"的害处，就要先说"意志力"对于我们的重要性。

意志力有多重要？我们可以通过一个心理学测试来看一下。英国曾经拍摄过一个纪录片，记录了一组对比实验：实验者召集了一批中年人，这批中年人中既有事业有成的人，也有非常平庸的人，然后把他们分为两组，进行了一系列竞赛。为了方便区别，我们就叫他们"成功组"与"平庸组"。

前面的竞赛都是关于各种才艺的。在所有这些竞赛中，这两组的成绩基本相当。在一些项目中，甚至平庸组得分还要高一些。

看点在最后一场竞赛。它的名字叫"干草堆寻针"。"干草堆寻针"是一个英语俗语，意思和中国成语"大海捞针"差不多，指的是极其艰难、几乎不可能完成之事。竞赛要求两组受试者寻找一根藏在干草堆里的针，看谁能在最短的时间内找到。但受试者不知道的是，用来充当实验品的干草堆里其实并没有针，所以这根针是永远找不到的。既然没有针，那么这个实验比赛的是什么呢？是找针的时间，看哪一组坚持的时间更长。换句话说，比的是坚忍和毅力。

比赛结果胜负悬殊。平庸组找针的时间只有赢家组的五分之一。也就是说，平庸组只花了很短的时间就确定自己所做的工作是根本没有希望的，所以很快就在绝望中放弃了。但赢家组却认为只要寻找总能找到，所以一直不肯放弃，如果不是导演组将他们叫停，他们怕是还要坚持更长的时间。

这组实验的结果是令人深思的。它雄辩地告诉我们，在大多数时候，一个有所成就的人和一个平庸之人，他们在智力以及一般所谓"能力"的层面上是没有实质性差别的；他们实质性的差别，其实就是有没有足够的意志力。

了解了"意志力"的重要，那么，"意志无力"的害处也就可想而知了。"意志无力"用最简单的话来解释就是"管不住自己"，就是在很多时候，一个人在理智上明明知道他应该去做什么，但他却没能那样去做，反而做了正好相反的事情。生活中这样的例子很多，比如许多人明明知道吸烟对身体有百害而无一利，自己也下定了戒烟的决心，可一旦稍微遇到一点诱惑，就又开始吞云吐雾了；又比如一个贪污犯，本来也愿意做一个清正廉洁的人，也知道贪污是违法犯罪的行为，可是一旦真金白银摆在自己面前，就把一切原则都抛在脑后了，等等。

那么，怎样解决这个"意志无力"的问题呢？最直接而有效的方式就是当一个个体无法完成自律的情况下，就要借助于他律，比如他人的监督以及一些必要的约束手段，等等。

举一个例子。

这个例子来自希腊神话，故事的主人公是古希腊的著名英雄俄底修斯。他在返回家乡的时候，要路过一个叫塞壬岛的地方，在这个岛屿上住着一些女妖，她们善于用美妙的歌声来迷惑旅人。每当有船舶经过的时候，她们就站在岛上开始曼声歌唱。她们的歌声是如此的美妙，以至于凡是听到歌声的人都无法抵挡这种诱惑，纷纷登上塞壬岛，而一旦登岛，等待他们的就是可怕的死亡。俄底修斯快要航行到塞壬岛的时候，想起了这件事情，于是就提前用蜜蜡封上了同行伙伴的耳朵，但他自己却舍不得放过欣赏美妙歌声的机会，所以就告诉同伴们把自己绑在桅杆上，路过塞壬岛的时候，自己挣扎得越厉害，捆绑自己的绳子就要收得越加紧固。

做好了这些准备之后，俄底修斯的大船继续进发。路过塞壬岛的时候，那些女妖们果然开始唱歌了。歌声比传说的还要美妙许多，用一句中国古诗来形容就是"此曲只应天上有，人间哪得几回闻"，以至于俄底修斯在听到歌声的时候，觉得如果能再多听一会儿这人间难得的天籁，哪怕是死了都是值得的。他开始剧烈地扭动，大声地喊叫，恳请伙伴们把他放开。当然了，他的喊叫同伴们是听不到的，而剧烈扭动的结果，也只是被捆绑得更加坚固了。

俄底修斯的这种情况就是典型的"意志无力"状态。在理性上，他何尝不明白一旦到岛上，自己面临的必定是死亡；但在感情上，却又无法抵制女妖之歌的致命诱惑。好在他已经做了充分的准备，否则后果真的不堪设想。

悟空在西行路上的很多时候也面临着类似的问题，只不过发出那致命诱惑的，不是塞壬岛上的女妖，而是自己的"心魔"。当然，他的心魔和八戒不同。八戒的心魔主要来自肉体的欲望。悟空呢？他强大的法力和强悍的性格使得他在任何挑战面前都不会退缩；他特殊的体质使得任何美食或美色都难以对他构成有力的诱惑。对于孙悟空来说，造成其意志无力的主要问题是他火爆的脾气以及骄傲的性格。

他很容易冲动，并且一旦冲动起来往往会不计后果。当年他也做过"齐天大圣"，就是因为玉帝不请他参加蟠桃会，让他觉得面子上过不去，他就大闹天宫，要不是如来手下留情，他恐怕早就死掉了。这种性格在五行山下镇压了五百年，其实还是没有多大的改进，比如在五庄观的时候，明明偷吃了人家的人参果，错在自己，但就是因为人家骂了他两句，他就把人家的人参果树推到，给自己也给整个团队造成了极大的麻烦。如果不能对他的性格进行必要的节制，西行之路是无法完成的，而紧箍咒则无疑是对其进行约束、帮助其克制冲动的最有效的方法。

这一章我们的启示只有一个，那就是在走向成功的道路上，关键词只有一个：意志力。

根据现代心理学的研究成果，意志力和我们肌体的力量一样，都是一种有限的资源，它确实可以通过一些训练而加强，但在短时间内很难得到显著的提高。在我们的意志力没有强大到足以在任何情况下都可以自控时，那么必要的约束就是不可缺少的。中国古人有一句智慧箴言："成人不自在，自在不成人。"我们可能都需要一个"紧箍咒"的约束，哪怕这约束有时会让我们觉得非常不舒服。

第十七章

领导：主弱从强

我们接着说《西游记》，但又不局限于《西游记》。这一章将从唐僧说起，谈一个包括《西游记》在内的几大名著中共同存在的现象：主弱从强。

一般人想到《西游记》中的唐僧，恐怕第一个印象都是觉得他无能。不是吗？身为取经团队的领导人，他实际上是这个团队中最没有本事的那一个，离开了悟空、八戒、沙僧的保护，不要说金翅大鹏、独角兕王这样的大妖怪，随便一个小妖，像精细鬼、伶俐虫、奔波儿霸、霸波儿奔，也可以随时要了他的命。

可偏偏就是这样一个无能的人却担任了取经队伍的领袖，带领大家一路向西，最终取得了真经。而且还不仅仅是《西游记》。大家看《三国演义》中的刘备集团，智慧绝伦有诸葛孔明，武功高强有关、张、赵、马、黄五虎上将，而作为这个集团的老大，刘备唯一的本领似乎就是哭，所以民间很多人就说刘备的江山是哭出来的。再看《水浒传》中的梁山集团，文有智多星吴用，武有豹子头林冲，偷鸡摸狗有鼓上蚤石迁，呼风唤雨有入云龙公孙胜，但这么个藏龙卧虎的山寨，老大竟然是面黑身矮、文不成武不就的纹面小吏宋江宋公明。

正因为如此，所以很早就有人指出，包括《三国演义》《水浒传》《西游记》在内的许多中国小说，都存在着一个很明显的特点，那就是所谓的"主弱从强"。

于是我们的问题就来了：这种印象对吗？何以如此呢？这又能给今天的我们带来怎样的启示呢？

先说第一个问题：所谓"主弱从强"的印象到底对还是不对。

我的回答是：也对也不对。

说对，是因为按照本领来说，唐僧确实太弱了。在这几个人中，悟空的本领最强：有七十二般变化，奥妙无穷；有担山赶月之力，力大无穷；铜头铁额，刀枪不入；一个筋斗十万八千里，来无影去无踪。八戒本领其次，但也有三十六般变化，水里功夫了得。沙僧最不济，但也能腾云驾雾，有一身足以自保的功夫。唯独唐僧，就是个普普通通的和尚，除了一身让妖怪垂涎三尺的好肉，他一无所有。

唐僧不光本领弱，人还窝囊。《西游记》里，把唐僧的窝囊表现得淋漓尽致的是唐僧收服悟空后不久，在蛇盘岭鹰愁涧遇到小白龙的那一幕。当时悟空服侍唐僧前行，走到鹰愁涧，忽然钻出一条龙来，推波掀浪，蹿出崖山，就来抢唐僧。悟空慌忙丢了行李，把师父抱下马来。那条龙赶不上，就把那匹马连鞍辔一口吞下，而后回到水中。

悟空把师父送在高处坐了，再来牵马挑担，那条龙已经不见踪影，只有一担行李。悟空将行李担送到师父面前道："师父，那孽龙也不见踪影，只是惊走我的马了。"他打个唿哨，跳在空中，火眼金睛，用手搭凉篷四下观看，更不见马的踪迹。按落云头，报道："师父，我们的马断乎是那龙吃了，四下里再看不见。"

三藏道："那厮能有多大口，却将那匹大马连鞍辔都吃了？想是惊张溜缰，走在那山凹之中，你再仔细看看。"行者道："我这双眼，白日里常看一千里路的吉凶。象那千里之内，蜻蜓儿展翅我也看见，何期那匹大马，我就不见？"三藏道："既是他吃了，我如何前进？可怜啊，这万水千山，怎生走得？"

说着话，泪如雨落。行者见他哭起来，忍不住暴躁喊道："师父，莫要这等脓包形么！你坐着！坐着！等老孙去寻着那厮，教他还我马匹便了。"

三藏却又扯住道："徒弟啊，你去寻他，只怕他暗地里撺将出来，却不又连我都害了，那时节人马两亡，怎生是好！"行者闻得这话，越发叫喊如雷道："你忒不济，不济，又要马骑，又不放我去，似这般看着行李坐到老罢。"

说不对，是因为我们对"本领"的理解可能是有些狭窄了。一个现代生活的例子可以很好地说明这个道理。我们生活中，看各国政要、富商巨贾，身边经常有保镖环绕。一旦遇到意外情况，这些保镖就会各展身手，保护这些要人的安全。以这些政要巨贾的年龄和身体状况，要论身手的话，大概都会非常笨拙。但是，我们能像悟空说唐僧那样，说这个政要或巨贾是所谓"脓包"，是"不济"的废物吗？肯定不能啊，因为衡量一位政要或商贾的标准和衡量一位保镖的标准是完全不同的。同样，我们说唐僧窝囊，很大程度上是拿衡量一个保镖的标准去看待唐僧了。

那么，我们应当以什么标准来衡量唐僧呢？

很简单，既然唐僧是取经团队的领导，我们就拿出衡量领导的标准。

我们究竟应该怎样衡量一位领导？其实凭直觉我们也能感到，评价领导和专业技术人员的标准应该是不一样的。不过到底不一样在哪里，可能还是需要借助像管理学、领导学等专门学科，才能解释得更为清晰。

IBM 前 CEO 路易斯·郭士纳对领导力有一个判断，得到广泛认可。他认为领导力应该包括两个方面：方向感和驱动力。所谓方向感，就是在大家都不知道该做什么或者都在对该做什么众说纷纭的时候，领导者能够力排众议，带领大家向着正确的方向走；所谓驱动力，就是当确定了方向，大家都沿着你确定的方向走的时候，你要尽可能提供各种支持和资源，用物质的、精神的等多维度的能量支持大家朝着那个正确的方向走。衡量一个领导者有没有领导力就看这两个方面。

标准明晰了，我们就以此来衡量一下唐僧。

先看方向感。

唐僧的方向非常明确，那就是一路向西。这个明确的方向感来自他虔诚的信仰。实际上，以唐僧的肉身凡胎，如果没有虔诚的信仰和坚定的信念，他也断然不会走上这条道路。而此后的取经之旅也证明了唐僧的勇敢与坚毅。在西行之路上，他克服了无数的艰难险阻，尽管面对男魔有过恐惧，面对女色似乎也有片刻的动摇，但最终他还是战胜了山中与心中的两重妖魔。

在取经的过程中，悟空开过小差，八戒更是多次嚷着要回高老庄做回炉女婿，要不是唐僧的坚持，这个小小的队伍恐怕早就作鸟兽散了。正是在唐僧的领导之下，这个队伍才最终到达了灵山，见到了佛祖，在完成了取经使命的同时，这个队伍中的所有成员也都各自得到了正果。他自始至终都是取经队伍真正的灵魂。所以，拿方向感来衡量唐僧的话，他绝对没有任何问题。

再看驱动力。

悟空、八戒、沙僧、白龙马这几个人本来是天各一方，是什么使得这几个人组成了一个团队，一路降妖除魔、走上灵山？是因为唐僧所担负的取经重任。

悟空因为大闹天宫被佛祖镇压在五行山下，渴望着自由、渴望着将功赎罪的机会；八戒因为酒后失德，调戏了嫦娥，他虽然浑浑噩噩，但内心深处其实也潜藏着不甘心做妖怪的想法，希望能够重返天界；沙僧当年因为失手打碎了玻璃盏，被贬到鸟不拉屎的流沙河，每七天还要受一次飞剑穿胸之苦；白龙因为放火烧了殿上明珠，被父亲告了忤逆，也面临着被处死的危险。这几个人都需要一个机会，洗脱原先的罪孽，重新获得新生。

正是唐僧一力承担的取经大业使得这几个人凝聚为一个集体，在一项具体的事业中获得了新生。毫无疑问，唐僧是这个团队的核心与灵魂，是他所承担的取经大业给了大家以方向和意义。

而在实际领导取经团队的工作中，唐僧在刚开始担任这个取经团队领导的时候，确实因为缺乏经验而稍显笨拙，但随着对几位弟子的本领都摸清之后，他给几位弟子做出的工作安排，也就是悟空降妖、八戒挑担、沙僧服侍左右，应该说是恰如其分的。在具体的降妖除魔的环节中，唐僧确实帮不上什么忙，但也正是他这种放手让悟空去做的态度，激发了悟空最大的工作热情，也给了悟空以最大的施展能量的空间。总体而言，作为取经团队的领导者，唐僧是胜任的，他并不弱。

有人说因为唐僧是肉身凡胎，缺乏降妖除魔的专业技能，所以无法在和妖怪的战斗中提供具体的专业指导，这多少是个遗憾。这样的职责其实没有太多的道理，因为就总体来说，领导者是一个组织生态的建立者和维持者，他应当是那只"看不见的手"，起作用于无形；领导最忌讳的事情就是放弃自己维持整体生态平衡的工作，而让自己成为一只"看得见、闲不住的手"。以此来看，外行领导有的时候不但不是缺点，反而是个优势。

其实，我们对于唐僧"强"与"弱"的解释，也适用于《三国演义》中的刘备以及《水浒传》中的宋江。

比如刘备。从武力来讲，刘备那点本领，在关、张、赵、马、黄面前确实是不值一提；从智谋来讲，他行军打仗的本领在诸葛亮面前也显得非常粗疏。但是，刘备所拥有的一些东西，却是关、张、赵、马、黄与诸葛亮所无法具备的。他有更为宽广的格局。

桃园三结义之前，几位兄弟见面的一幕其实就把这几个人的格局表现得非常清晰。当时几个人看到朝廷招兵的榜文，关羽的想法是投军，张飞空有报国之志，但并没有明确的想法。刘备和他们不一样，刘备想到的是去破贼安民，也就是说要组织起自己的一支武装。这是真正的领袖的思维方式，用今天的话来说，刘备从一开始想到的就是自己做老板，而不是为他人打工。

刘备不仅有这样的想法，而且也很善于打造自己的优势。刘备有着自己的资源优势，那就是他是汉室宗亲，以刘氏宗亲而打出"匡扶汉室"的旗号，就具有天然的道德感召力。另外，对于自己如何在乱世中立足与发展，刘备也有自己的想法。刘备为什么处处以宽厚示人？除了性格的因素，其实也有他在政治上的考虑。他说："今与水火相敌者，曹操也。操以急，吾以宽；操以暴，吾以仁；操以谲，吾以忠；每与操相反，事乃可成耳。"

又比如他身上独特的人格魅力。《三国演义》说赵云在公孙瓒死后投奔刘备，在见到刘备后说的是什么？他说："云奔走四方，择主而事，未有如使君者。今得相随，大称平生，虽肝脑涂地无恨矣。"不单赵云，他手下的五虎上将，都是一见刘备便立下了终生相从的志向，之死靡它，足见其人格的魅力。

再比如宋江。论身份，他不过是郓城小吏；论武功，十个宋江也抵不过李逵、武松这样好汉的一顿老拳。但宋江也有这些好汉所不具有的一些优长。比如他的慷慨好义、富而好礼。书中写他："但有人来投奔他的，若高若低，无有不纳，便留在庄上馆谷，终日追陪，并无厌倦；若要起身，尽力资助。端的是挥霍，视金似土。以此江湖上好汉都叫他做及时雨宋公明，却把他比作天上下的及时雨一般，能够灌溉万物。"他对天下好汉的真心付出，也就得到了天下好汉如百川归海一般的向往之心，但无论李逵还是武松，无论先前怎样的桀骜不驯，只要一听说是宋江，再认真看一眼宋江那张黑脸，下一步一定是拜服在地，口称："宋江哥哥。"

宋江不但善于笼络人，还善于谋划，为梁山的发展指明道路。很多人指责宋江一心渴望招安是所谓"投降"。但从梁山的实际情况而言，接受朝廷的招安其实才是唯一的可行之路。一个已经大到足以引起朝廷注意的武装反抗组织，想要长期保持现状是不可能的。虽说梁山曾经两赢童贯、三败高俅，但以朝廷的举国之力，再争斗下去，区区八百里水泊梁山是根本支持不住的；更何况靠抢掠维持数万之众，梁山本身的生计就很艰难。

所以，摆在梁山面前的出路无非三条。

一是继续与朝廷对抗，直到被剿灭；二是发展壮大，改朝换代；三是归顺朝廷，接受招安。以梁山的情况而言，改朝换代绝无可能。

要想改朝换代，需要的条件很多，比如优秀的人才、正确的政治纲领、正面的社会道德形象等。很明显，这些条件梁山泊都不具备。

论人才，梁山好汉中武人偏多，并且充斥着大量的地痞、小偷、黑社会，整体素质偏低；论政治纲领，则只是一条抽象的"替天行道"，根本不足以吸引广大民众的追随，更何况梁山本身的行动，许多根本就是和"天道"相悖而行的，比如在江州劫法场、攻打大名府等地的时候，都是到处杀人放火，给城中百姓造成极大的损伤；论社会道德形象，梁山的第一代和第二代都是以打劫过往商客、掳掠四周乡村为主，可以说劣迹斑斑，它是江湖好汉避难藏身的渊薮，但对于一般的民众则缺乏足够的吸引力。这样综合考量，梁山想要最后避免被集体剿灭的命运，只有招安一条出路。

现在我想大家可能对"主弱从强"这个现象有了一定的了解，那就是：单从智谋或者武勇的角度来讲，如唐僧、刘备、宋江这样的领导者，确实真的比不过他们那些能干的手下，因此也就给千百年来的读者留下了一个"主弱从强"的印象；但是，假如我们换一个眼光，却也发现，这些软弱的领导者也拥有一些他们那些能干的手下所不能干的本事。于是我们的问题就又来了：作者何以如此呢？他们为什么不把笔下的那些领导者写得勇武绝伦、足智多谋、尽善尽美，在各方面都足以成为手下的表率呢？

有三个原因：一是情节构筑的需要，二是对于历史、人生的观察，三是中国哲学，特别是道家哲学的影响。

我们先说第一点：情节构筑的需要。这一点很好理解：如果作为团队的领导，他太厉害、太无所不能，那么这部文学作品也就缺乏足以吸引读者的波澜与悬念，会因为单调与乏味而失去读者的兴趣。

以《西游记》而论，它为什么有这么多丰富的情节与内涵？一个重要的原因就来自于"主弱从强"的人物设置。正因为唐僧的弱，所以才会一次次地被妖精抓走，需要悟空一趟趟地去解救唐僧，这就构成了《西游记》中取经团队与妖魔之间的来自外部的张力；同样因为唐僧的弱，也才有悟空从一开始对唐僧的种种轻蔑，这种轻蔑与唐僧的自尊好强形成了激烈的冲突，这就构成了取经团队内部的组织张力，以及此后关系变化与改善的可能。如果唐僧既法力无边又光荣正确，悟空、八戒、沙僧对唐僧又总是俯首帖耳，那么故事就没法讲下去了。

再说第二点：对历史、人生的观察与总结。作为统帅人物能够成就一番事业，重要的是能够笼络、统领好人才，而不是要自己成为无所不能的多面手。这一点，凡是曾带领过团队、做成一番事业的人，都有着深切的体会。

比如刘邦，他在战胜项羽、建立汉朝之后，曾经问手下群臣，说项羽这么厉害，为什么最后得到天下的是我。大臣们说了一堆刘邦如何圣明之类的话，刘邦却不以为然。他说我之所以能够得到天下，就是因为我用对了三个人。论运筹帷幄之中，决胜千里之外，我不如张良；论坐镇后方，筹措军粮，使粮草不绝于道，我不如萧何；论率领百万之军，攻必克、战必取，我不如韩信。那项羽手下只有范增一个能臣，却都不能任用，这就是他所以失败的原因。

刘邦对于统帅之道的总结能够得到后人的高度认可，就是因为他的言论是符合人们对于现实世界的观察的。《西游记》是一部历经数百年才逐渐完成的作品，在这几百年中，积淀了许多人们对于这个世界的思考与观察，其中之一，就是对统帅与属下之间强弱关系的思考。

最后说第三点：中国哲学，特别是道家哲学的影响。我们今天的许多人都是把《老子》当作一部哲学书来看待的。这也不能说错，因为《老子》中确实含有许多玄妙深奥的哲学思想。不过，如果从《老子》创作的初衷与实际内容来看，它其实最关心还是天下的治理问题，其中相当大的篇幅都是讲所谓"圣王"应当如何治理天下，套用今天的话语来表述，《老子》首先是一部所谓"领导学"的著作。

在老子看来，一个理想的统治者，他唯一要做的事情，就是保障自己的统治是按照"大道"来运行，除此之外，最好的做法就是就是守雌能柔、无为而治。他像水一样甘居于众人之下，所谓"江海能为百谷王者，以其善下之也"。他从不与人相争，但正因为他不与人相争，所以也没有人能与之相争。 类似的说法在《老子》中比比皆是。其实也不仅仅是道家，儒家也经常讲所谓"垂拱而治"，也是在强调做君主的并不是要事必躬亲，而是要把合适的人放在合适的位置上，如此一来，天下就可以轻松搞定。像儒家特别推崇的尧舜这样的圣王，莫不如此。

这种朴素的看法甚至也存在于我们的日常生活之中——比如中国象棋，象走田马走日，隔山打炮，直线行车，就连过了河的卒子也能横冲直撞，唯独老帅哪也去不了，啥也不会干，但它偏偏就是胜负的关键，你纵然什么都有，但我只要吃掉了你的老帅，你就满盘皆输。

明白了这些，再回过头看《西游记》里的唐僧、《三国演义》里的刘备、《水浒传》里的宋江，他们的做法实际上都合于《老子》所说的治理之道。作为领导者，不是要和自己的属下去比谁的本领高，而是恰恰相反；正是因为他们的守雌能柔，也就最大程度地激发了手下的主观能动性，每个人都焕发出自己的生机与活力，整个团队也便显得蓬蓬勃勃了。

那么从包括《三国演义》《水浒传》《西游记》中都普遍存在的"主弱从强"的现象，我们能够得出怎样的启示呢？

假如你身为领导者，你要知道领导者不是要在具体技能上压制手下，因为衡量一个领导"强"与"弱"的标准不在具体的专业技能上；假如你身为员工，你看待领导的眼光不要仅仅盯着他可能还不如你的专业技能，并进而发出怀才不遇、人生不平的慨叹，等等。

我更想说的是，由人们看待这几部文学作品所发出的"主弱从强"的感慨而抽绎出一个更为根本的问题，那就是要学会以多维的角度来看问题。我们为什么会觉得唐僧、宋江、刘备很弱、没有本事？原因很简单，就是因为我们绝大多数人把所谓"本事"限定在了一个狭窄的范围之内，而这个范围又往往局限在自己能够理解的技术层面上。

其实，所谓"本事"包括的范围极为广泛，写一手好文章是本事，有一身好武艺是本事，管理一个团队是本事，吸引众人追随也是本事。

我们绝大多数人因为自身工作生活的局限，往往对"本领"的理解极其狭窄，甚至狭窄到了只会用自己的所长作为判断他人是否"有本事"的标准。认知维度的狭窄不但造成了目光与心理的狭窄，也往往限制了人生格局与境界的提升。

英语中有一句格言说得特别好："对于那些手里只有一把锤子的人来说，他们看什么都是钉子。"增加认识世界的维度，让自己认识世界的工具箱中多增加些工具，不但能让这个世界在你眼中显得更加丰富多彩，而且也让你对这个世界更有办法。

第十八章

团队：冲突与融合

西天取经，离不开由唐僧、悟空、八戒、沙僧以及白龙马所组成的这个小小的团队，而团队成员的内部关系就构成了唐僧师徒西行之旅的一条明显的内在线索。《西游记》以大量的篇幅描写了这个取经"梦之队"从组建到形成、从充满矛盾到亲密无间的过程。特别是"三打白骨精"与"真假美猴王"这两次危机的爆发与解决，更是写得精彩纷呈、发人深思，其中许多经验教训都能够给我们带来有益的启示。

或许有人会问：既然是如来确定的取经大业，那还不是换作任何人都可以？但实际上，事情还真不是这么简单。离开了这支"取经梦之队"，取经大业能不能完成，还真的是要打上一个大大的问号。

唐僧是这个取经小团体的当然领袖。在一般人看来，《西游记》中最窝囊的人就是唐僧了，每次一遇到危险，其标准反应就是四肢僵硬，身体瘫软地从马上掉下来，所以悟空不止一次地说他是个"脓包"。但这只是问题的一个方面。如果我们换一个角度，得出的结论就可能大相径庭。

悟空确实是无所畏惧的，但他的无所畏惧是有资本的，那就是一身的本领。猪八戒、沙和尚的本领弱一些，但起码也会腾云驾雾，还有一身足以自保的本领。但唐僧呢？除了令男妖精食指大动的一身好肉、以及令女妖精垂涎万分的完美肉体，可以说是一无所有。但就凭着自己的肉身凡胎，唐僧居然就能够下定西行求法的决心，纵有千难万险，也仍然一往无前。他不是不畏惧死亡，但对死亡的畏惧也不足以令他放弃对取经大业的执着；他不是没有感受到欲望对于自己的吸引，但再强烈的吸引也不足以让他既定的目标有所偏移。唐僧靠的是什么？靠的就是虔诚的信仰与坚定的信念。

这样看来，要说真正的勇敢无畏，首屈一指的除了唐僧，没有第二个人能当得上。他虽然没有什么神通，虽然在具体事情的处理上缺乏精明果断，但他坚定的信念却是取经能够获得成功的最根本保证。

悟空则是西天取经能够获得成功的最有力保证。他有七十二般变化，随物赋形；他有筋斗云的本领，来去无踪；他还有铜头铁额的身体，金刚不坏。还不仅如此，当年他在天上做过为期大半年的弼马温，在那段时间中，他每天把主要时间都花在了交游上，积攒了广泛的人脉。这些都使得他后来在处理许多问题的时候显得得心应手。

最重要的是，孙悟空身上具有一种真正无所畏惧的精神，他几乎不知道什么叫害怕，他在面对一切困难的时候都不会退却与畏缩。实际上，他是取经活动在技术层面上的主要负责人，如果没有孙悟空的加入，西天取经的活动就只能是一场春梦。

猪八戒是《西游记》中的主要配角。和唐僧相比，他的信仰不够坚定；和悟空相比，他的本领不够高强。他贪吃，他好色，他怕死，他吝啬。八戒不完美，甚至可以说，凡是普通人可能具有的缺点，猪八戒基本上全都具备。但猪八戒的优点也很突出。他有三十六般变化；他水里的功夫远在悟空之上，陆上的功夫差一些，但也说得过去；他是悟空一路降妖除怪的最得力助手；还有就是八戒幽默滑稽的性格，他是西行路上的开心果。

很多人想起西行路上的妖魔，就会想到中央电视台1986版《西游记》的一首插曲"翻过了一座山又是一座山，趟过了一条河又是一条河，沿路的妖魔鬼怪怎么那么多"，实际上，我要告诉大家的是，沿路的妖魔鬼怪其实并没有大家印象中的那么多。西行十四年，总共就遇到了三十多伙妖怪，平均每年也就两伙左右。一连十四年，基本上都走在荒无人烟的路上，唐僧师徒路上的最大敌人，与其说是妖怪，不如说是无聊和寂寞。要是没有八戒这个开心果，怕是还没有走到西天，几个人就憋闷而死了。

沙僧呢？他几乎没有特点，或者也可以说，没有特点就是他最大的特点。他是整个取经队伍中最低调的人。我们常说"泥人还有个土性"，那么沙僧为什么就"没性"呢？

主要的原因有两个。首先是本领。他的那点本领和大师兄、二师兄相比，基本不值一提。第二是身份。大师兄是前齐天大圣，二师兄是前天蓬元帅，而自己则不过是个前卷帘子的。这一切，都使得他在这个团体中多数时候采取了谦虚低调、明哲保身的态度。不过，沙僧在这个集体中有自己独特的作用。这就是，他因为长期担任侍从工作，善于察言观色、揣摩人心，所以，他虽不轻易表态，但一旦表态就往往能抓住人心，加上他为人厚道，往往都能取得较好的效果。他是这个团队不可或缺的润滑剂。

至于白龙马，作为脚力，它比唐王李世民原来赐给唐僧的那匹凡马好到不知哪里去了。更加厉害的是，真到了取经大业处于存亡之际的危急关头，它还能变回人形参加战斗，比如在黄袍怪事件中，它先是变化为宫女刺杀黄袍怪，刺杀不成，又恳求猪八戒前往花果山请回孙悟空，那就更不是普通马匹所能及的了。

这个队伍有意志坚定的领袖，有各具神通的成员，从本质上讲，他们是一个"梦之队"，具备完成取经大业的基础。

但是，也有若干不利因素摆在他们的面前。

比如他们各自不同的动机。表面上，他们的目的相同，那就是上西天，拜佛求经；但同是拜佛求经，动机却各有不同。唐僧是出于虔诚的宗教信仰，也出于对唐王李世民的知遇之恩；悟空是为了获得自由；八戒是为了混一口饭吃；沙僧是为了摆脱七天一次飞剑穿胸的痛苦；白龙马是为了免去忤逆的死罪。不同的动机决定了这些人在真正的考验面前，一定会有不同的反应。

与此同时，这支队伍成员之间的性格也存在着重大的差异。以悟空和唐僧为例。唐僧的性格中有着非常执拗的一面。他常常在需要对妖怪"像冬天般残酷无情"的时候却表现得"像春天般温暖"；而在需要对舍生忘死保护自己的悟空"像春天般温暖"的时候却表现得"像冬天般残酷无情"。悟空呢？他脾气火爆、自高自大、目中无人。唐僧是自己的师父，但对这个师父，他常常张口闭口"脓包""窝囊"，这让当师父的情何以堪啊。原来只有他们师徒二人的时候，他们俩几乎闹翻，在此后的西行之路上，谁又能保证他们不再爆发激烈的冲突呢。

并且，悟空、八戒、沙僧这几个师兄弟之间最初的感情基础也并不牢靠。八戒在一开始和孙悟空交手的时候就说过，当年你大闹天宫，也不知连累我多少。其实，沙僧也未必不这样想。我们说过，为什么八戒、沙僧会因为不大的罪过而被贬下天界，就是因为悟空的大闹天宫使得玉帝的权威降低，玉帝为了树立自己的权威，就不得不用更恐怖的方法。在他们的心中，不可能对悟空这个大师兄完全心无芥蒂。

从各有打算的五个人，到形成同欲同心的精英战队，师徒五人的相互关系，中间是经过了一系列的矛盾和冲突的。其中，大的危机有两次，表现就是孙悟空两次被逐出取经队伍。然而，正是矛盾的爆发和解决，消弭了团队内部的不和谐因素，使得取经团队最终成为一个真正意义上的统一的生命体。

这个小团体内部矛盾的集中爆发是在"尸魔三戏唐三藏"，用我们更为熟悉的话来说就是"孙悟空三打白骨精"这一回中，而矛盾爆发的结果，就是唐僧把孙悟空赶出了取经的队伍。

　　在这一次冲突中，虽然出面赶走悟空的是唐僧，但起作用的，主要还是八戒的谗言。我们看悟空三次打倒白骨精之后，对唐僧都有所解释，但每次都是在唐僧就要相信的当口，八戒的一番谗言又使得唐僧改变了态度。为什么八戒会如此？一是悟空对八戒的态度。由于悟空的骄傲自负，整天"呆子"长、"呆子"短的，加上生性促狭，有事没事就捉弄八戒一下，所以他对悟空有着很深的不满。再就是将来取经成功，大家是要论功行赏的，所以八戒和悟空之间还存在着一定的竞争关系。在广大读者看来，八戒那两把刷子，跟悟空怎能相比，但人最难有的就是自知之明，在取经的初期，八戒的心里也未尝没有赶走了孙悟空，我就是大师兄的想法，直接的证据就是悟空走后的那一段时间，八戒那一副意气风发的样子。

　　后来在残酷的现实面前，猪八戒终于认清了这个现实：凭着自己的本领，是根本担不起"大师兄"这副重担的。正因为如此，他才在白龙马面前承认了自己撺掇师父赶走悟空的错误，尽管硬着头皮，还是走上了到花果山请回孙悟空的道路。

　　"三打白骨精"事件是取经团队内部关系的一个里程碑。通过这个事件，取经团体的内部格局发生了重大的变化。悟空的去而复回，充分说明了他在取经队伍当中不可或缺的重要性，他的大师兄地位从此不可动摇。

　　但是，要说取经团体经过这一次事件就达到了完美的团结，却也还为时过早。特别是唐僧和悟空之间，在性格和处世原则方面仍然存在着重大的差异。正是这个巨大的差异造成了唐僧与悟空之间矛盾的第二次、也是最严重的一次大爆发。这次爆发，就是因为悟空杀死了热情款待唐僧师徒的杨老汉的强盗儿子而激怒唐僧，唐僧第二次将悟空逐出取经队伍，并因此而引发了"真假美猴王"事件。

　　唐僧明明知道取经离不开孙悟空，为什么还是一定要将他赶走？原因有两个：一是观念上的冲突，二是悟空对自己的态度。

先说观念的冲突。作为虔诚的佛教徒，唐僧是坚决反对杀生的。在唐僧看来，如果说对于一路上面对的那些或者要吃唐僧肉或者要与唐僧成亲的妖魔，因为对方的强大，不杀死他们就无法顺利西行，杀死他们还有其不得已之处的话，那么对待这些人间的盗匪，悟空根本不必将其杀死就能轻易摆脱。但悟空不是这样，对于打死个把人类，悟空的态度是满不在乎。尽管我们承认，那些强盗是坏人，有可杀之处，但他们毕竟是人，可以不杀而一定要将其杀死，这只能说明悟空性格中的暴戾与残忍。

再说悟空对唐僧的态度。悟空对唐僧的态度是怎样的？一言以蔽之，就是赤裸裸的藐视。基本上，每次遇到妖怪，唐僧只要表示出一点担心害怕，悟空就是一通训斥；唐僧如果被妖怪吓得掉下马来，"脓包""废物"之类的话更是脱口而出。以这一回而论，唐僧为什么孤身一人先行遇到强盗？就是因为八戒说了一句马走得慢了，结果悟空一扬棒子，把马吓得溜了缰，撒开四蹄狂奔，一直跑了二十多里才渐渐停下。这分明是拿唐僧当玩笑了。试问天下哪个做师父的能容忍得了如此的戏弄？

后来，悟空又不听师父的劝阻，杀死了两个强盗头子。对此，唐僧尽管已经很不满，但还是努力克制住了自己。假如强盗的事情就此打住，那么也许过上几天，这种不愉快的情绪就会散去，毕竟悟空这次对事情的处理要克制了许多，只杀死了两个为首的，其余的还是给了他们一条生路。但接下来的事情就是唐僧无法忍受的了：当那群强盗追上来，悟空不但没有听从自己的劝说，将那伙强盗几乎悉数打杀，还特别问清谁是老杨的儿子，而后将其首级割下拿到唐僧面前。这就远远超出了唐僧能够容忍的极限。

唐僧说得对，杨老汉又是奉斋、又是留宿，待我们何等殷勤，老汉只有这一个儿子，纵使他再不良，也毕竟是老汉的养老送终之人，无论如何，也该有一点看顾之心吧。但悟空却不但将其打死，还要割下他的脑袋，并且将一颗血淋淋的人头惢到唐僧面前。换作任何人，只要稍微有一点人情味，也不可能赞同悟空的做法，更何况是自幼长在佛寺、秉教沙门的唐僧。

悟空被逐出取经队伍后，六耳猕猴出场。关于六耳猕猴的真实身份、真假美猴王故事背后的文化意蕴，前面有过详尽的阐述，不再赘述。这里只强调一点：那就是六耳猕猴事件对于唐僧团队内部关系的意义。

在取经团体的内部关系史上，六耳猕猴事件是继"三打白骨精"之后的另一座里程碑。假如说"白骨精事件"的结果是使得孙悟空的大师兄地位不可动摇，那么，"六耳猕猴事件"则是以如来口谕的方式，宣示了悟空在取经队伍中不可或缺的关键地位。

在杀贼事件中，唐僧所以断然地驱逐悟空，是性格乃至世界观方面存在着很大的差异，令唐僧常有"道不同不相为谋"的感慨。

但现在，观音出现了，她以一种斩钉截铁的语气，不容置辩的态度告诉唐僧：你如今须是收留悟空，一路上魔障未消，必得他保护你，才得到灵山，见佛取经。通过观音的话语，唐僧清楚地明白了佛祖对这件事情的态度：我对你的支持是有条件的，没有悟空，这个经你是取不成的，再任性下去，对你没有丝毫的好处。果然，从此以后，唐僧就再也没有找过悟空的麻烦，紧箍咒也没有再念过。当然，对于悟空来说，一方面，他亲耳听到了如来"将来取经成功，汝亦坐莲台"的允诺；另一方面，他也通过这次唐僧与他的"死磕"，看到了唐僧不可碰触的底线，看到了唐僧在柔软外表下的倔强，这些都对悟空造成了极大的触动。从此之后，悟空就彻底收束了自己的二心，师徒之间不要说严重的矛盾，就连轻微的冲突也没有再发生过。

六耳猕猴事件之后，唐僧与悟空究竟改善了多少？一组对比可能是颇有意思的。

当初在鹰愁涧，唐僧的马被小白龙吃了，想到万水千山、徒步跋涉之苦，不由得泪如雨下，悟空的表现是："他哪里忍得住暴躁，发声喊道：'师父，莫要这等脓包形么！你坐着！坐着！等老孙去寻着那厮，教他还我马匹便了！'三藏却才扯住道：'徒弟啊，你去寻他，只怕他暗地里撺将出来，却不又连我都害了，那时节人马两亡，怎生是好？'行者闻得这话，越发叫喊如雷道：'你忒不济，不济，又要马骑，又不放我去，似这般看着行李坐到老罢！'"

再看六耳猕猴事件之后的师徒关系。如在狮驼岭，金翅大鹏、狮子精、象精捉住唐僧，怕悟空前来骚扰，于是放出风去，假说唐僧已被夹生吃了，悟空信以为真，于是"心如刀搅，泪似水流，急纵身望空跳起，且不救八戒、沙僧，回至城东山上，按落云头，放声大哭"。又如在隐雾山折岳连环洞，唐僧被捉进洞中，藏在后花园中。悟空探听得唐僧的消息，跑到花园见了师父，唐僧道："悟空，你来了，快救我一救！"这一下，悟空登时就陷入左右为难的困境之中："行者道：'师父莫只管叫名字，面前有人，怕走了风汛。你既有命，我可救得你。'……急抽身跑至中堂。正举棍要打，又滞住手道：'不好！等解了师父再打。'复至园中，又思量道：'等打了再救。'如此者两三番，却才跳跳舞舞的到园中。"其实，打了再救和救了再打，又有什么本质的差别吗？唯一的差别，就是唐僧多受一会儿罪还是少受一会儿罪。由这个细节，我们不难看出悟空对唐僧的一片真心，难怪唐僧也深受感动，悲中作喜道："猴儿，想是看见我不曾伤命，所以欢喜得没是处，故这等作跳舞也？"

唐僧师徒由组建到经过冲突与磨合，最终发展为一个完美的取经梦之队，给我们带来的启示挺多的，比如团队成员要找准自己的定位，比如团队领导要有足够的包容，但我特别想和大家分享的，就是唐僧在灵山脱却凡胎后向悟空、八戒等表示感谢时悟空说的那句话："两不相谢，彼此皆扶持也。我等亏师父解说，借门路修功，幸成了正果。师父也赖我等保护，秉教迦持，喜脱了凡胎。"

它虽然极为简短，却说透了合作的本质与精髓：第一，合作才能共赢。

团队成员之间进行的应该是一种双赢或正和博弈，而不是零和博弈。共同的大目标实现了，个人的小愿景也才能得到实现，像八戒原来那样只顾打自己的小算盘，最终的结果是损人也不利己。第二，理想的合作者，彼此间是一种互相成全的关系。所以悟空这句话也完美地回答了经济学中的那个经典争论——养蜂人和果农，到底谁应该给谁付钱？而答案就是所谓"两不相谢"：合作中的任何一方，都既是给予者，也是得到者，没有哪一方需要被单独地感谢。

第十九章

取经：第二座山

"第二座山"的说法来自美国著名作家戴维·布鲁克斯。他在《第二座山》一书中提出，一个完满的人生应该翻越两座山：第一座山是关于"自我"的，在翻越这座山峰时，你的目标就是活得精彩、活得快乐、实现自我的价值；而第二座山则是关于"他者"的，在翻越这座山峰时，你会聚焦他者，为了自己之外的某些东西，而心甘情愿地舍弃自我。一般来说，这二者之间会有一个低谷，作为由前一座山到后一座山的机缘与过渡。

一部《西游记》，就主体而言，描写的正是师徒四人翻越这第二座山的伟大旅程。它以精彩纷呈的笔墨向我们描述了这段旅程的沿路风景，留下了一个个精彩纷呈的故事，并给我们带来了许多有益的启示。

在西游的历程开始之前，唐僧、悟空、八戒、沙僧几个人还都是互不相识的陌生人。不过，他们都凭着各自的努力或因缘，爬完了各自人生的"第一座山"。

作为一号主人公孙悟空，《西游记》的前七回基本上写的就是他对于人生第一座山的翻越：他由石猴而猴王、由猴王而妖王、由妖王而名列神仙（尽管弼马温这个官职不大），而其巅峰就是官至天庭极品，成为齐天大圣。

作为西天取经的主体，唐僧也以自己的方式跨越了他的人生第一座山。他虽然说是状元陈光蕊与丞相千金满堂娇的女儿，但父亲在自己出生前就被黑心艄公刘洪害死，母亲被刘洪霸占为妻，自己出生后不久就被抛进江水之中，幸亏被金山寺的和尚发现，这才侥幸得了一条性命，并在寺院长大。靠着自己的聪颖和勤奋，他终于脱颖而出，由弃婴而成为一代名僧。唐僧人生第一座山的顶点是唐王李世民为超度在战乱中死去的冤魂而召开的水陆大会之前。水陆大会需要一位大德行者做主持，而他正是那个被千挑万选出来的大德行者，那绝对是人生的高光时刻了。

作为团队中法力仅次于悟空的二师兄，猪八戒在堕落凡尘之前本来也是个了不得的男神。他原是个人间的懒汉，不过运气实在是好到了极点，也不知道为什么，一个地位极其崇高的大神看中了他，主动教他成仙的法术。修仙成功的八戒一上天庭，就被封为天蓬元帅。从一个人间的懒汉到天庭的大神，我们说他爬上了布鲁克斯所谓"第一座山"的巅峰，肯定是没有任何问题的。

沙和尚的经历在《西游记》的原文中没有做专门的交代，但在他和观音菩萨、八戒的聊天中，我们也可以清楚地知道。在上天庭之前，他本来是个人间的好汉，一心要求仙访道。经过多方求索，他也成功了。上了天庭之后的沙和尚担任的是"卷帘大将"。每个人的人生起点不一样，经历机缘也各有不同，所以能爬上山峰的高度当然也就不一样。对于沙和尚来说，"卷帘大将"就已经是一座巍峨的高峰了。对这份工作，老沙深感骄傲，他穿得盔明甲亮，腰里别着虎头牌，每天上班，都感觉是在人生的巅峰上行走。

不过，正像那句古话所说的"天有不测风云，人有旦夕祸福"。这几个人因为这样那样的原因，从各自"第一座山"的巅峰上跌落了下来，面临着何去何从的困境。

对于悟空来说，是因为不懂得自我约束以及自我欲望的无限膨胀。玉帝让他掌管蟠桃园，他只用了半年多一点的时间，就把蟠桃园里的大桃和中桃吃了个干干净净。听说要开蟠桃会，他满以为自己是要做个"席尊"，也就是主宾的，没想到竟然不在被邀请之列，自尊心受到一万点伤害，于是闹了蟠桃会，又偷吃了太上老君的五葫芦仙丹，从齐天大圣变成了天庭逃犯。第一次被捉住后，他被放进八卦炉中锻炼。七七四十九天后开炉，因躲在巽位而活下来的悟空从八卦炉中逃出。逃出八卦炉的悟空越发嚣张，居然想赶走玉帝自己做大天尊，结果被玉帝请来的如来降服，从人生第一座山峰的断崖处径直掉到了谷底：他被一记如来神掌打落下界，镇压在五行山下。

唐僧的危机则紧随着他的高光时刻而来。当他在唐王李世民以及文武百官、长安百姓的瞩目下主持水陆大会，念动超度亡灵的经文时，化身为疥癞和尚的观世音菩萨和木叉出现了，公然宣告他念的经文不是真经，对于超度亡灵无效，要想超度亡灵，必须到天竺取回真经方可，而后就现出原身，屹立在云端之上。李世民一听，当时就宣布水陆大会暂停，等将来取回真经再说。在这样的高光时刻忽然发生这样的事情，对于唐僧意味着什么，我们设身处地替他想一想，就不难猜到。

八戒的人生低谷源于自己的好色。猪八戒虽然当了天蓬元帅，但当年在凡间的好色劣根性依然还在。在一次蟠桃盛会上，猪八戒喝多了。看着翩翩起舞的嫦娥，八戒压抑不住内心的冲动，结果就受到了冲动的惩罚：被玉皇大帝打了两千锤，贬下凡尘。八戒本身就是个糊涂人，当时又在醉酒状态，加上被打得晕头转向，结果误投猪胎，成了一副猪头猪脑的模样。

老沙的灾难是因为无心之失。应该是在八戒受罚的同一次蟠桃盛会上，他负责给与会的大仙们倒酒，他一个不小心，把个玻璃盏打破了。随着一声玻璃破碎的清脆声响，玉皇大帝勃然大怒，当场就要把老沙处死。幸亏赤脚大仙求情，才免去老沙的死罪，将他贬到了鸟不拉屎的流沙河。这还不算，还让每七天一次，飞剑将其胸肋间穿上百余次方回。

不过，非常幸运的是，他们都迎来了人生的转机。这个转机，就是如来造下三藏真经，准备传往东土大唐。至于为什么不是自己把这三藏真经传往东土，而一定要让东土派人来求，《西游记》第八回有一个明确的交代："我待要送上东土，颇耐那众生愚蠢，毁谤真言，不识我法门之旨要，怠慢了瑜迦之正宗。怎么得一个有法力的，去东土寻一个善信，交他苦历千山，远经万水，到我处求取真经，永传东土，劝化众生，却乃是个山大的福缘，海深的善庆。"如来把下界寻访取经人及其护法的任务交给了观世音菩萨，而很幸运的，观世音菩萨选中的取经人就是唐僧，几个护法分别是悟空、八戒、沙僧。此后不久，由这几个人组成的取经小团队，就以集体的形式，开始了他们对"第二座山"的翻越。

西游之旅，和他们从前各自的奋斗，意义上有着根本的不同。

此前，无论是唐僧成就一代名僧也好，悟空成就齐天大圣也好，八戒成就天蓬元帅也好，成就的都是他们自己，其所有行动的意义都在于自身。

但取经就不一样了。从不同的角度分析，取经的意义有三，而每一层意义指向的都是远远超出个人生命的大意义。

首先，从如来的顶层设计来说，是拯救包括大唐在内的南赡部洲众生。这一点《西游记》有着明确的交代。还记得当初如来说到传经的缘起时，在灵山对众人说的那一番话吗？他说："我观四大部洲，众生善恶，各方不一：东胜神洲者，敬天礼地，心爽气平；北俱芦洲者，虽好杀生，只因糊口，性拙情疏，无多作践；我西牛贺洲者，不贪不杀，养气潜灵，虽无上真，人人固寿；但那南赡部洲者，贪淫乐祸，多杀多争，正所谓口舌凶场，是非恶海。"为了拯救在水深火热的南赡部洲众生，如来才造下三藏真经，并准备找机会传往东土。

其次，从直接动机来说，是为了拯救李世民，从而也利益大唐基业以及亿万百姓。关于这一点，作品的第十一、十二回有非常明确的说明。唐王李世民无疑是一个伟大的君主，这一点无论是在中国的历史上还是在《西游记》的文本中，都是毫无疑问的。但李世民的成功之路则很遗憾地布满血腥。

他当初跟着父亲打天下，荡平了六十四处烟尘、七十二处草寇；不但如此，为了做皇帝，他又亲手除掉了自己的哥哥李建成与弟弟李元吉。这些直接或间接死于李世民之手的冤魂在地狱中整日闹嚷，这就对李世民在阳间的生活造成了很大的困扰；而李世民这个伟大的君主如果生命受到威胁，也就直接影响到了大唐治下的万千百姓。

怎样才能解决这个问题？

在《西游记》的话语系统中只有一个办法，就是超度这些枉死的冤魂。而要超度他们，就必须到西方求取真经，唐僧正是这个任务的直接承担者。所以，在《西游记》中，唐僧西天取经和历史上真实的玄奘法师西行求法有着本质的不同：历史上的玄奘法师所以只身远游就是为了求得心中的佛法，而《西游记》中的唐僧取经则是一个国家行动，它主要被描述为一个利益大唐众生、保国安民的伟大事业。

第三，从每一次与妖怪打斗的动机来说，是降妖除怪，为民除害。唐僧师徒这一路行来，沿路的妖魔除了是自然灾害的化身，比如黄风怪；或是危害人类生命安全的独宠猛兽，比如稀柿衕的蟒蛇精；更有许多妖魔象征着残害百姓的黑暗势力。这些黑暗势力盘踞一方，给当地的百姓造成了深重的灾难。比如通天河的金鱼精，每年要陈家庄为他们供上一对童男童女，否则就要危害地方；而狮驼城的金翅大鹏则为害更烈，他吃尽了那一国的君王百姓，如今在城中行走的都是些虎豹狼虫，将一座人间的城池变成了恶魔的炼狱。所以，师徒四人加上白龙马一路行来，降妖除怪，其意义就不仅仅是取经，更是为民除害，这就使得他们的行动带上了一层人间英雄的光彩。

在这第二座山的翻越过程中，他们也都完成了自己的深刻蜕变。

以悟空为例。从前的悟空依赖个人奋斗，是一个绝对的自我主义者。比如花果山探源，比如独自一人到海外寻仙访道，比如大闹天宫，那都是他一个人的事情，赢了自己出风头、得利益，失败了自己丢脸面、受惩罚，和别人没什么关联。

但到了取经的时候，这样就不行了。他自己虽然有无量的本领，但说来说去取经的主体并不是自己，而是肉身凡胎的唐僧。这就让他的行动动辄显得捉襟见肘。

比如在鹰愁涧遇到小白龙，唐僧的白马被小白龙吃了，悟空要去找马，唐僧害怕不让他去，让悟空又气又急。说明好汉难敌四手，他一个人是万万不能独自承担保护唐僧的任务的。

再到后来八戒、沙僧加入，虽然有了帮手，但很快又面临人事问题。沙僧脾气很好，但基本上就是唐僧个人的贴身仆役，伺候唐僧可以，一遇到厉害的妖怪，基本帮不上什么忙；八戒本领不错，但贪吃好睡，又有些私心，而且一开始还不知天高地厚地想要取代大师兄的位置。就是自己保护的师父唐僧，虽然本领全无，肉眼凡胎，但偏偏性格倔强，摊上这么个与自己三观不合的师父，要把关系理顺，也还真不是一件容易的事情。

又要面对妖怪，又要面对团队内部的事情，悟空感到前所未有的难办。经常有人发出疑问，说悟空当妖怪的时候何其厉害，但到了取经的路上怎么显得如此窝囊，仿佛变了个人似的。其实，变的不是人，而是任务。此前，他是只需要为自己负责，干的又往往是破坏性的事情，所以只要单点突破，就算成功；但现在他是对别人负责，只要唐僧有一点闪失，他就算失败。

正是在内外双重的压力之下，悟空的行动方式乃至性格都发生了很大的变化。他最初踏上西行之路的时候，顶多算是一条好汉，对生命缺乏敬畏，对唐僧心存蔑视；但是，当西游之路走完的时候，他已经完成了由好汉到英雄的转变，对生命有所敬畏，对唐僧充满尊重。他最初的愿望不过是得自由罢了，但当他帮助唐僧完成取经大业的时候，自己也被如来授记为佛。

悟空如此，唐僧又何尝不是如此？成就一代高僧，靠自己的精进修持就好，问题相对简单。但取经路上，问题就变得复杂了许多。自己是个修养极高的高僧，怎么在徒弟孙悟空的眼里就是个"窝囊""不济"的"脓包"呢？佛法不是说要慈悲为怀吗？怎么到了取经路上，你和妖怪慈悲为怀，他不但不感谢，还必要取了你的性命呢？

另外，他也发现，精神上的道德和信仰是一回事，及至真地面临生死关头，真地面临活色生香的诱惑，能否咬牙挺得住，还真的是另一回事。

所有这些都极大地改变着唐僧。他最初踏上西行之路的时候，是一个涉世不深的年轻人，他对道义、责任、信仰有着一腔热情，但缺乏历练。当他到达西天的时候，他已经是一个饱经沧桑的中年人了。这时，锐气似乎已经逐渐淡去，在他的身上是一种平静的坚定，是一种经历了无数生命波澜之后的宁静与澄澈。

他最初的愿望不过就是将真经取回罢了（当然，那样也很伟大），但当他完成了取经大业的时候，他也被如来授记为佛。假如没有经历过这些磨难，没有经历过在这一系列考验中的动心忍性，这些变化是不会来到唐僧身上的。

八戒、沙僧的情况也差不多。总之，师徒四人互相扶持，逐渐由一盘散沙而凝成一个团结的集体。他们总共经历了所谓"九九八十一难"，这九九八十一难，就其各自所包含的寓意而言，基本上把一个人在走向成功之路上所能遇到的种种灾难类型都概括了。最后的结果，我们也都知道：他们苦历山水，一路降妖除魔，经过千难万险，终于到达灵山，为东土大唐取回真经。在完成取经的壮举后，他们也因自己的功劳而得了正果：唐僧被封为功德旃檀佛，悟空被封为斗战胜佛，八戒被封为净坛使者，沙和尚被封为金身罗汉。

那么，从《西游记》中师徒四人翻越各自人生第二座山的描述中，我们能够得到怎样的启示呢？

首先，我们要说，人生的第二座山要远远比第一座山更为巍峨壮丽；一个有着真正求索精神的人，在翻越了人生的第一座山之后，或主动或被动，是迟早要走上第二座山的攀登之路的。这是因为，归根结底，人是群体性动物，所以人最终极的渴望就是被需要的渴望，而满足这种渴望，你就必须投身到一项和他者有关的事业中去。

以悟空而论，他一开始只是个普通的猴子，那时他觉得能够当上猴王就实现了自己的人生价值。当上了猴王，他开始觉得当猴王还是不行，因为自己是会死的，于是他就开始寻仙访道。他寻访到须菩提祖师，实现了长生的愿望。实现了长生愿望的孙悟空还不满足，他要追寻绝对的自我实现，要让自己成为凌驾于一切社会等级之上的人。当然，这个愿望是不可能实现的，所以他被如来轻而易举地镇压在五行山下。

悟空在五行山下一压就是五百年。五百年之后，他接受了观音的建议，转而担当了唐僧西天取经的护法，这就标志着悟空发生了重大的变化，就是他的追求已经不再是纯粹个人性的了，而是要把自己的人生意义融入一项伟大的事业当中。所以，西行路上的孙悟空尽管还保留着早年时比如桀骜不驯等的种种特征，但毕竟和以前发生了重大的改变。

当年他是个"嫌官小不做"的主儿，但现在却日夜服侍着一个肉身凡胎的和尚。为了实现取经的使命，他一路上翻山越岭，降妖除怪，呕心沥血，费尽心力。除了外在的妖魔，他还要忍受唐僧对自己的误解，即使被驱逐，也还是对唐僧念念不忘，一旦唐僧悔悟，他也就不计前嫌地继续为唐僧鞍前马后地奔忙。最后，取经事业取得成功，悟空也因为西行路上立下的大功而被封为"斗战胜佛"。悟空的故事告诉我们，生命的意义不在于个人利益的满足，人生须有事业，生命才有所附丽。

其次，我们还看到，要想翻越这第二座山，离不开信仰与责任的力量。以唐僧而论，他肉身凡胎，除了一具令妖怪垂涎的肉身，他是一无所有。但就凭这一具肉身，他就敢向着茫茫的西方义无反顾地出发了。这份大勇猛、大刚毅，值得所有的人为之顶礼赞叹。

有人说，既然唐僧是这样一个有着大勇猛、大刚毅的人，为什么他总是一遇到妖魔鬼怪就显得那样窝囊无能，在女儿国国王那里，他也曾一度表现出有些心猿意马的样子，这难道不是佛头着粪、唐突圣僧吗？我以为这正是唐僧动人的地方。这就是，唐僧首先是一个人，一个有着七情六欲的人。一个像悟空那样有着大本领、大神通的人能够完成西天取经的重任不足为奇，像唐僧这样一个有着人性的种种软弱与动摇的人能完成这样任务，才能让人为之感佩不已，因为他除了要战胜困难，更要战胜自己。面对妖魔鬼怪，他害怕过、哭泣过，但从来没有放弃过。面对美色的诱惑，他软弱过、动摇过，但从来没有答应过。他是一个柔弱而坚强的人，惟其柔弱，更显其坚强。唐僧的故事告诉我们，在信仰与责任的指引下，就算是你我这样的普通人，也可以完成那看来是不可完成的任务。

再次，我们还看到，翻越人生的第二座山离不开团队的力量。还记得唐僧在灵山被接引佛祖度脱对三个徒弟连声道谢的时候，悟空说的话吗？悟空说不必，咱们相互扶持，两不相谢。师父亏了我们保护，才能到达灵山，脱却凡胎；我们也亏师父解脱，借门路修行，才能终成正果。悟空的话，用我们今天的话来说就是"合作共赢"——合作共赢，正是一切团队能够存在的最重要的理由。

我们看取经团队的这几个成员，可以说是各有特点，也各有打算。就是这几个性格有着巨大的差异、本领有着天壤之别、西行动机也各不相同的几个人，凑在了一起，居然就这样一路上相互扶持，相互打趣，降妖除怪，跋山涉水，走过了十四个春夏秋冬，走过了十万八千里的漫漫长路，最终达到了梦想中的灵山。取经的事业顺利完成，而师徒四人也都得了正果，实现了自己的人生价值。

　　师徒四人的故事告诉我们，一个团队，其中的单个成员可能并非完美，他们有着种种优点，同时也有着种种缺陷。但只要这个团队有着共同的目标，有着足够的包容性，分工协作，取长补短，就有可能做出一番惊天动地的事业。一旦整个团队的大愿景实现了，个体的小愿景也就得到了实现。

　　在《西游记》中，这"第二座山"被具体化为灵山。书中的一首偈语写道："佛在心中莫远求，灵山只在汝心头。人人有个灵山塔，好向灵山塔下修。"只要你不是浑浑噩噩、醉生梦死，而是有所希冀、有所追求，那么你的心头就都有一座"灵山"，你的人生，在某种程度上也就都是一部活的《西游记》。由梦想与磨难交织成的每一首乐章，在细节处都会有所不同。

后 记

　　《西游记》是一部内涵超级丰富的书。丰富到什么程度？古典文学泰斗吴组缃曾经半是玩笑半是认真地说，如果中国的书只能留下一部，那么这部书就应该是《西游记》，理由是在《西游记》中，中国文化的生长性要素已是无不具备。

　　也确实如此。在中国所有的文化典籍中，《西游记》所具有的文化活力可以说是无与伦比的。有一个现象，可以说是对于《西游记》文化活力的最好阐释，那就是它是中国的古典名著中被改编次数最多的。在古代是各种评书、戏曲，在今天是各种影视、动漫、游戏，毫不夸张地说，它是中国最大的 IP，它自我生长、自我迭代、开枝散叶、自成世界，虽经历数百年而历久弥新，从来没有从中国人的视野中消失过。

　　一部文学作品，何以竟能具有如此宏富的内容与无尽的魅力呢？

　　原因有四个。

　　一是它具有一个无比坚硬的"戏核"。这个"戏核"，就是唐代高僧玄奘法师不远万里西行求法的历史事实。在那个没有任何现代交通工具的时代，他横穿大漠、翻越雪山，程途十万八千里，行经一百多个邦国、地区，这是人类史上少有的壮举。它关乎信仰、关乎意义、关乎价值；它容得下多姿多彩的人生故事，容得下奇幻曼妙的异域风情，容得下形形色色的社会百态。

　　二是它非现实的题材内容。《西游记》并非是一部写实的作品，距离具体的生活越远，可以引人联想的东西就越丰富，按照明人袁于令的说法就是"天下极幻之事，乃极真之事；极幻之理，乃极真之理。故言真不如言幻，言佛不如言魔"，这就为《西游记》的多元阐释提供了更多的可能。

三是它源于历史、成于历史的成书方式。《西游记》从最初玄奘法师西行求法的本事，到最后的成书，中间经历了数百年。在这数百年的时光中，一代代文人雅士、草根艺人，都在用他们的热情和想象丰富着西游故事，为它添枝加叶、增砖添瓦。

狭义上，《西游记》的作者可能是吴承恩；但广义上说，每一代讲说、传播西游故事的人都是《西游记》的作者。甚至听众、读者，也都把自己的口味和好恶留在了《西游记》之中，以一种无形但深远的影响雕镂刻画着它的样子。

它既有上层统治阶级意识形态的折光，又沉淀着广大深沉的民间思想，甚至也包括一代代儿童的趣味。这些思想既可能相互补充，又可能相互矛盾，它们合在一起，就使得《西游记》呈现出一种饱满淋漓的元气，有如沉潭大海，既纯净简单，又深不可测。它既仰之弥高、钻之弥坚，无论你的人生进益到何种程度，它都依然能从上方照耀你；它又质朴真纯、天真烂漫，无论你是三尺之童，还是八旬之翁，都能深者得其深，浅者得其浅。在这个意义上说，《西游记》又不仅是文学之书，更是文化之书乃至民族性格之书。

第四点也是至为关键的一点，是它非常幸运地等到了为它一锤定音的天才作家。并不是所有的好故事都能等到一个好作者。比如八仙故事、孟姜女故事、白蛇故事，就没有等到它们理想的一锤定音者，因此始终没有成为一流的文学名著，而只能停留在相对粗糙的民间文学阶段。这需要机缘，需要幸运。

以《西游记》而言，要把这个故事写好，需要惊人的想象，需要宏富的知识，需要赤子的天真，需要昂扬乐观的精神，需要举重若轻的本领，需要整合三界的能力，需要对社会人心的幽微洞察，等等。而所有这些，吴承恩无不具备。在作者一支生花妙笔的点化下，积淀了数百年的西游故事有如璞玉遇到了大匠，顿时眉眼生动，气息饱满。

这四点，决定了《西游记》是一部言说不尽的小说。也正因为如此，笔者才在八年后再一次来到《百家讲坛》，发《大话西游》的未发之覆。斗转星移，八年之间，这世界已经发生了太多的变化，而最大的变化，就是随着移动互联时代的到来、自媒体的发达，这世界变得越来越喧哗，而人们变得越来越迷茫。

人是追求意义的动物，意义就是我们所站立的大地；而喧哗的众声，冲击的正是我们对于意义的认定。此时回看《西游记》就会发现，师徒四人的取经之路却正是各自的意义之旅；通往西天的经历其实也正是师徒四人自我认知、自我发现、自我实现的过程。《西游记》再一次以它的伟大，为生活在当下的我们提供了许多启示，照耀了我们前进的路途。

感谢《百家讲坛》的制片人以及我的编导那尔苏、魏学来两位先生，是他们的策划、编导，使我能够与观众朋友们再次相聚在西游的世界。感谢中华书局的宗文良、傅可两位先生，使得语言终成文字。

韩田鹿

2020 年 9 月 1 日